U0458559

雅众诗丛·国内卷

略多于悲哀
1981-2021

陈 东 东
四 十 年
诗 选

上海三联书店

雅众文化　出品

目 录

辑一　短诗

涉江　　　　　　　　　　　　　　　3

语言　　　　　　　　　　　　　　　4

诗人蒲宁在巴黎过冬　　　　　　　　5

骨灰匣　　　　　　　　　　　　　　6

点灯　　　　　　　　　　　　　　　7

雨中的马　　　　　　　　　　　　　8

一江渔火　　　　　　　　　　　　　9

进来　　　　　　　　　　　　　　　10

夏日之光　　　　　　　　　　　　　11

偶然说起　　　　　　　　　　　　　13

秋雨夜过墓地　　　　　　　　　　　14

买回一本有关六朝文人的书　　　　　15

北方　　　　　　　　　　　　　　　16

黎明　　　　　　　　　　　　　　　18

病中　　　　　　　　　　　　　　　19

旧地（古鸡鸣寺）　　　　　　　　　20

月亮　　　　　　　　　　　　　　　21

海神的一夜　　　　　　　　　　　　23

八月　　　　　　　　　　　　　　　24

在汽车上　　　　　　　　　　　　　25

夜曲　　　　　　　　　　　　　　　27

奇境　　　　　　　　　　　　　　　29

下降　　　　　　　　　　31

花园　　　　　　　　　　33

香樟树　　　　　　　　　35

递送之神……　　　　　　36

外滩　　　　　　　　　　38

时代广场　　　　　　　　40

低岸　　　　　　　　　　42

译经人　　　　　　　　　44

过海　　　　　　　　　　46

窗龛　　　　　　　　　　49

途中的牌戏　　　　　　　51

何夕　　　　　　　　　　53

梳妆镜　　　　　　　　　55

礼拜五　　　　　　　　　57

幽香　　　　　　　　　　59

导游图　　　　　　　　　61

应邀参观　　　　　　　　63

梦不属于个人　　　　　　65

全装修　　　　　　　　　67

奈良　　　　　　　　　　71

电影诗　　　　　　　　　72

童话诗　　　　　　　　　75

旅馆　　　　　　　　　　77

译自亡国的诗歌皇帝　　　79

归青田　　　　　　　　　80

退思园之镜　　　　　　　83

说出咏雨之诗的时候……　86

桃花诗　　　　　　　　　87

莫名镇　　　　　　　　　89

木马　　　　　　　　　　91

它仍是一个奇异的词　　　　　93

小区　　　　　95

宇航诗　　　　　96

虹　　　　　100

如何让谢灵运再写山水诗　　　　　103

度假　　　　　105

另一首宇航诗　　　　　107

略多于悲哀　　　　　109

辑二　组诗

眼眶里的沙瞳仁　　　　　115

即景与杂说　　　　　132

秋歌二十七首　　　　　143

解禁书　　　　　181

辑三　长诗

夏之书　　　　　195

断简　　　　　246

月全食　　　　　269

序曲　　　　　279

辑四　地方诗

成都　　　　　289

东京　　　　　292

洞头　　　　　295

杭州　　　　　297

京都　　　　　299

旧县　　　　　302

莫斯科　　　　　304

南京　　　　　306

纽约　　　　　　　　308

普里皮亚季　　　　312

斯德歌尔摩　　　　314

天水　　　　　　　317

武陵源　　　　　　320

烟台　　　　　　　322

自贡　　　　　　　324

辑五　连行诗

十片断　　　　　　329

一声　　　　　　　337

跋　　　　　　　347

辑一　短诗

涉江

楚山依旧，郢都传诵着
冬天的消息。你知道
如今算是不可能了
水波明灭，你停了笔
不去细想船家的议论

战争就像白色蒿草，蔓过
城墙，鹿群身后紧跟着死亡

整整三天，你只是听琴
怎么也写不完那组悲歌
现在似乎没必要了
你推推高冠，叹一口气
指望山中不会太冷

月色深红。江风好像长满
铜锈。一只白鹭低低地飞过

1981

语言

岩石的双肩舒展，军舰鸟的翅膀开阔
太阳像金甲虫一样嗡嗡作响
偶然飞进了白色厅堂

在更远处，橘红的游艇缓缓靠岸
有如另一个盛夏黄昏

我的眼里，我的指缝间
食盐正闪闪发亮
而脑海尽头有一帆记忆
这时镶着绿边
顶风逆行于走廊幽处

当云层突然四散，鱼群被引向
临海的塔楼
华灯会瞬息燃上所有枝头
照耀你的和我的语言

1983

诗人蒲宁在巴黎过冬

冬季温暖地漂浮在河上
夹竹桃鱼群缀满了枝头
它们的影子纤细到迷乱
像手指翻动无限的票据

当我面向街景的时候
黑头发爱神变幻着鳞波
更向我闪烁，在一幢
尘封的塔楼顶端

我的阳光是我的梦境
干燥的河滩，几块冰融入
两个男人忍耐于垂钓
身旁是一架白色的帐篷

我很难看清自己的影子
在白天，我是名叫蒲宁的
诗人；在夜晚，在深睡里
我可能是一场大雪，或是

瓦上的一角晴天

1985

骨灰匣

他被装进木盒子里
他的无视又得以穿越冬季的墙
他甚至看见了消失的风景

十年以前他就老了
他成了一根腐朽的羽毛
像一间空屋和堆在顶楼锈蚀的铁器
下午的阳光映红江面
坐在窗下，他听一群孩子秋天里喧闹

他甚至能分辨夜的深浅
钟声沙沙作响
他的血管一寸寸爆裂
他知道他成了自己的荒冢
蒿草没顶，潮湿的石头又冷又硬

他的左边有一束纸花，前面是
三只塑料橘子。厮守着纤瘦苍白的
烛火，他重又把死还给了不死

1985

点灯

把灯点到石头里去,让他们看看
海的姿态,让他们看看古代的鱼
也应该让他们看看亮光
一盏高举在山上的灯

灯也该点到江水里去,让他们看看
活着的鱼,让他们看看无声的海
也应该让他们看看落日
一只火鸟从树林腾起

点灯。当我用手去阻挡北风
当我站到了峡谷之间
我想他们会向我围拢
会来看我灯一样的语言

1985

雨中的马

黑暗里顺手拿一件乐器。黑暗里稳坐
马的声音自尽头而来

雨中的马

这乐器陈旧，点点闪亮
像马鼻子上的红色雀斑，闪亮
像树的尽头木芙蓉初放
惊起了几只灰知更鸟

雨中的马也注定要奔出我的记忆
像乐器在手
像木芙蓉开放在温馨的夜晚
走廊尽头
我稳坐有如雨下了一天

我稳坐有如花开了一夜
雨中的马
雨中的马也注定要奔出我的记忆
我拿过乐器
顺手奏出了想唱的歌

1985

8

一江渔火

应该去领受入夜的石头。在江里
这石头白
冰冷而沉重

比它更平静，如林中浆果不为人知
当车过铁桥
一江渔火在黑暗里闪现

过道上，那些陌生的脸
那些阴沉的脸。当车过铁桥
一江渔火在黑暗里闪现

此刻
此刻假如有一只鸟
火红的大鸟假如这时候撞进车窗

只能是我。我会喊出它的名字

1985

进来

冬天里写成的一首诗
映在墙上的一个阴影
要么是水，要么
奔马，驰出林带

偶然见到的一块圆石
要么是远古寂静的山
要么月照，溪涧苍白
几种松枝几个黎明
茅草屋顶被雪压垮

同样时刻，你走进来
你走进来，赤裸，僵硬

1986

夏日之光

光也是一种生长的植物，被雨浇淋
入夜后开放成
我们的梦境

光也像每一棵芬芳的树，将风收敛
让我们在它的余荫里
成眠

今晚我说的是夏日之光
雨已经平静
窗上有一盆新鲜的石竹

有低声的话语，和几个看完球赛的姑娘
屋宇之下
她们把双手伸进了夏天

她们去抚弄喧响的光，像抚弄枝叶
或者把花朵
安放在枕边

她们的躯体也像是光，润滑而黝黑

在盛夏的寂静里把我们

吸引

1986

偶然说起

老式汽车的乌鸦姿态，老式人物的
圆形眼镜
　　　　　电文，纸，黄铜钥匙
几本旧书脊背烫金，细小的字句

描绘月亮。铁桥伸展，在更早的年代
我努力猜测水流的方向
江堤之上，我开始了秋天的
另一种触摸：细沙的腰肢
玉簪花之乳，锁眼正被我慢慢打开

我生于荒凉的一九六一。我见过梦境
在水面徐行。我偶然说起
我细察记忆和情感的纹理

　　　　　　　　　　　　　1986

秋雨夜过墓地

一个下雨的夜晚
一座蓝色的庭院
一间阴翳的厅堂

汽车的声音缓缓而去
说话的声音
刚刚熄灭的音乐

我经过你们。我坐在
秋天的大客车前座
我的诗跟四周一样沉静

那些脸似乎在黑暗里飘浮
我见过的死者，我听说过的
死者，他们在空旷的尽头会面
哑然失笑，谈论各自奇异的生活

有一天我也将被雨浇淋，穿过庭院
摸索上楼梯。我推门进入厅堂的时候
说话声戛然，音乐凝冻，弗朗茨
卡夫卡伸手过来，想不起是否曾跟我相识

1986

买回一本有关六朝文人的书

从城市坡道上步行回家
我的手触摸到松树树梢
在寒冷的夜晚树梢会
弯曲，成为黑暗
让星辰照耀

不必俯身，我可以看清楚石头的居所
河流在暗影里像一柄斧子

我经过天文台的半圆形山丘
迎面进入了冬天的太阳
嵇康的飞翔之态
左思对刺客的吟咏
他们的悲凉远胜于我

澄澈的中午也看见星辰
人死了多年
水依旧明亮

1986

北方

北方的孤城把黄昏守望

一座白而寂寞的旅馆

一条树影延伸的街

和容纳了九颗月亮的车站

那高飞于大石头之上的雨燕

左侧的灰眼睛能看得更远

在被风拨开的亮光底下

悲恸的大海拍打着陆地

跟鸟儿滑翔的方向相反

有一列慢车经过了我们

车厢里昏暗

没有人，旧式收音机

在播放舞曲

这次车去一个更北的终点

它的笛鸣

让我们要凭窗远眺它多年

我们用更多的时间看海

从夏季的最后一夜

散步进秋天

反复念诵着同一段祝祷

我们有那么多晦暗的想法

为什么就不能有

清澈地刻画风景的音乐

和沉默之后的几句低语

1987

黎明

鹳鸟在更高的地方筑巢
兀立，把黄昏俯瞰，并且等待
一颗星落下

黎明到来时
年轻的鹳鸟在更高的地方
伸展自己，进行纯正庄严的交配

而它们栖息的树枝底下
那淡青的海岬
把玻璃塔楼的细小阴影传递给水藻
同时放送最早的哨兵
一只双眼凹陷的幼鹰
和日出以前的几声钟响

就这样一个歌手醒来
一个歌手吟唱
当黎明像一只显亮的柑橘被夜色掰开
一个歌手会发现
无言的夏季已进入血液

1987

病中

病中一座花园，香樟高于古柏

忧郁的护士仿佛天鹅

从水到桥，从浓荫到禁药

在午睡的氛围里梦见了飞翔

——那滞留的太阳

已经为八月安排下大雨

一个重要的老人呻吟

惊动指甲鲜红的情人：抚慰

清洗、扪弄和注射

他陈旧的眼眶滚出泪水

抵挡玫瑰和金钱的疼痛

隔开廊道，你身凭长窗

你低俯这医院里酷暑的风景

阴云四合，池鱼们上升

得病的妇女等待着浇淋

正当你视线自花园移开

第一滴雨

落进了第一个死者的掌心

1990

旧地（古鸡鸣寺）

暗夜掠过了冬天的风景
僧侣之家。渡江的细雪
树和天空追随着亮光

      *

飞鸟的影子残留井底。晨钟孤单
一样的鸡鸣
时间之书一页页散落

      *

我重临这空阔久远的旧地
见一个导师
停止了布诵

           1990

月亮

我的月亮荒凉而渺小
我的星期天堆满了书籍
我深陷在诸多不可能之中
并且我想到
时间和欲望的大海虚空
热烈的火焰难以持久

闪耀的夜晚
我怎样把信札传递给黎明
寂寞的字句倒映于镜面
仿佛蝙蝠
在归于大梦的黑暗里犹豫
仿佛旧唱片滑过了灯下朦胧的听力

运水卡车轻快地驰行
钢琴割开春天的禁令
我的日子落下尘土
我为你打开的乐谱第一面
燃烧的马匹流星多炫目

我的花园还没有选定
疯狂的植物混同于乐音

我幻想的景色和无辜的落日
我的月亮荒凉而渺小

闪耀的夜晚，我怎样把信札
传递给黎明
我深陷在失去了光泽的上海
在稀薄的爱情里
看见你一天天衰老的容颜

1991

海神的一夜

这正是他们尽欢的一夜
海神蓝色的裸体被裹在
港口的雾中
在雾中，一艘船驶向月亮
马蹄踏碎了青瓦

正好是这样一夜，海神的马尾
拂掠，一支三叉戟不慎遗失
他们能听到
屋顶上一片汽笛翻滚
肉体要更深地埋进对方

当他们起身，唱着歌
掀开那床不眠的毛毯
雨雾仍装饰黎明的港口
海神，骑着马，想找回泄露他
夜生活无度的钢三叉戟

1992

八月

八月我经过政治琴房，听见有人
反复练习那高昂的一小节

直升飞机投下阴影
它大蜻蜓的上半身
从悬挂着鸟笼的屋檐探出

我已经走远，甚至出了城
我将跃上高一百尺的水泥大坝
我背后的风
仍旧送来高昂的一小节

郁金香双耳，幻想中一只走兽的双耳
鳞光闪闪的鲱鱼的双耳
则已经被弹奏的手指堵塞

八月，我坐到大坝上
能够远眺琴房的屋脊
那直升飞机几乎跟我的双眉
齐平：它是否会骑上
高昂的一小节
——这像是蜻蜓爱干的事

1992

在汽车上

汽车拐下高速公路
中午飘来缓慢的雨
因为满含早年的欢乐
旅途中有人涕泗滂沱

简陋的乡村小邮局门前
男孩子头顶半枯的荷叶
一匹马躲进木头屋檐
闪电击打生锈的信箱

在司机身旁，我几乎入眠
我放跑了他那个臆想的女儿
她自海中狂奔向滩头
大腿间装饰着水草和贝壳

我知道我的笔法陈旧
我旅行的目的更为古老
——现在
在汽车上，我看见那座

    我往赴的城
它将从它的午睡里醒来

它冲凉的水龙头

代替这场雨洗去梦想

1995

夜曲

深红的弦歌不像春风
它不让听者回顾少年情怀的
燕子，或如幻想
用午后风景的轻薄火焰
熔化往昔渐暗的白银
它重于心事，它重于一副
耳朵和头脑——夜曲比夜色
更增添夜行人希望的负担

那也是灵魂弯曲睡意的程度
被失眠的群星照耀并刻画
一支乐队飘浮于天际
又同时沉沦进对称的梦中
一柱喷泉，在菩提花一瓣瓣
打开的寂静里攀上了高音
——华彩的金鱼在下面洄游
有如音乐里寄身于奏鸣的

拟喻霓虹，从水的虚无到
光芒的虚无。夜行人抵达了
旅程尽头，终止于极限的
经验堤坝——这堤坝阻挡

一片多么茫然的旧海
……更为茫然的是他的倾听
心事为遗忘叠加心事
涛声上紧了夜曲的发条

而深红的弦歌浮出旧海
它催人欲老，它完结一个人
——它休止的虚无
重于充沛一生的大梦
当夜行的倾听者穿越睡眠
复活般提前从寂静里醒来
新我要让他看见一柱
新的喷泉，喷泉下金鱼

又一次洄游。那也是希望
是希望对灵魂的逆行上溯
在不断反复的夜曲中弯曲
相同的时间要再被经历
仿佛昨日一颗星辰
会划开今夜一样的眼睑
深红的弦歌把循环的命运
注入了奔赴死亡的血液

1995

奇境

大海在梦中过于壮丽
被风堆砌的巨浪在晴夜里
过于缓慢地遮闭了星空
蓝——更蓝，直到
忧愁，直到刻骨铭心的黑暗
海水过于凝重，甚至拥有寂静
寂静岸线上梦游人只看见
光芒正侵蚀幻听的钢琴

黎明她睡得还要浓郁
接近了死亡的固执和高潮
——海水如雪花石膏般卷刃
那诞生于臆想的耀眼的异象
如无形的指尖奏出的广板
从敞开的琴盖间随太阳上升
影子优美地拂过海面
触及了码头空旷的小旅馆

海妖或怪物，带来镜子响亮的
白昼，以无尽的反复唤醒女客
把轻细如耳语的钢琴梦呓
扩大成灵魂出窍的雷霆

一线闪电撕扯，令倚窗探海者
头疼欲裂，令她对奇境的第一次
亲近，自无以复加的盛装开场
止步于脱衣的黄昏仪式

而大海即妖怪，跃起在空中
在琴键般升级的内心波澜间
翻腾比音乐突兀的身姿
——当醒来的梦游者
走下堤坝，企图融汇进
深陷于盐沙的钢琴鸣响
和包围这演奏的着魔的
风景——大海更扭动

热烈的腰肢：大海的肚皮舞
加剧了女客的晕眩和疼痛
紧张！——她投身进去
沉溺的裸体喂给了妖怪
仿佛又一个梦游夜降临
我听到她抑制住幸福的
轻唤……海水被允许
以色情的舌尖恣意舔卷她

1995

下降

下降仪式里燕子的试探性
有时也会是盘旋中军舰鸟
渡海的试探性

而一座煤气厂试探着飞临了
所谓晕眩，是轰鸣和意外
勉强的委婉语

在扇形田野它再一次减速
在更加壮丽的扇形海畔
它站稳了脚跟，两只锃亮的

不锈钢巨罐将成为乳房
喂养火焰，就业率
喂养三角洲意识空白的襁褓理想

于是有人从铁烟囱滑落
像一面解除警报的旗
他走出煤气厂

身份中混合着末世子孙和
大经济新生儿灼痛的血

他脑中的视域仍在

半空：燕子和军舰鸟
为即将到来的大雨而欢聚的
蜻蜓，啊蜻蜓

他顺着坡道缓缓向下
走进较为浓郁的
绿色——被迫收缩

乡村在更低处。在那里
失眠，是悲哀和期望
含混的委婉语

1996

花园

那花园在座头鲸呼吸里
移行。那喷泉，断了根
被一位捕鲸船舵手兼诗人
跟他要感激的白日梦押韵

如今这是他摸不到的光荣
像一个乐音固定于碟片
一本书打开，半自动的字词
繁殖，再繁殖，直到成为

更真实的花园里致幻的癞蛤蟆
去惊醒读者又再施催眠术
——女看官从插图进入传奇
去做他尖叫和呕吐的夫人……

这仿佛小孩的翻线圈游戏
想象来自纸张，而诗艺是观察的
对手，作为交换的语言
既来自写作，又来自另一座

欲望花园——那花园移行
在座头鲸呼吸和诗人的激情里

半空中喷泉的冠盖高音

有一个几乎被熄灭的根

1996

香樟树

在孩子们围拢的游戏中间
一棵异变的香樟树炫目

一棵香樟树噩梦的蘑菇云
黄昏里着火，点亮了所有

聚合于城市上空的黑暗
那惨绿的爆闪不仅是信号

不仅是征兆！啊游戏
继续，欢乐结束了

童谣的蝙蝠翻腾于头顶
孩子们逃散进各自的弄堂

香樟树有一枚异变的灵魂
附体于孩子们各自回家

1997

递送之神……

递送之神盔边的绿翅膀，裁剪
邮局，题献给飞翔
它被人戏称为亮光的建筑
在晨星下，在黎明和持续抵达的
黎明，这邮局的轮廓是

迅速扩展的钟声之轮廓
这邮局的形象，是吴淞江岸北
片面的诗意。它肩头的钟楼醒目地
象征——它更绿的倒影
斜刺桥拱下滞涩的浊流

而它的阴郁偏于西侧，那里
旧物质，还没有全部从昨夜褪尽
一个清洁工挥舞扫帚
一个送奶人回味弄堂口
烟纸店女儿的水蜜桃屁股

——黑橡皮围裙渐渐被照亮
邮局之光却仍然遮挡住
完整的晦暗。石库门。老闸桥

略早或略远处棚户区涨潮

陡坡上邮差的自行车俯冲

1997

外滩

花园变迁。斑斓的虎皮被人造革
替换。它有如一座移动码头
别过看惯了江流的脸
水泥是想象的石头；而石头以植物自命
从马路一侧，它漂离堤坝到达另一侧

不变的或许是外白渡桥
是铁桥下那道分界水线
鸥鸟在边境拍打翅膀，想要弄清
这浑浊的阴影是来自吴淞口初升的
太阳，还是来自可能的鱼腹

城市三角洲迅速泛白
真正的石头长成了纪念塔。塔前
喷泉边，青铜塑像的四副面容
朝着四个确定的方向，罗盘在上空
像不明飞行物指示每一个方向之晕眩

于是一记钟点敲响。水光倒映
云霓聚合到海关金顶
从桥上下来的双层大巴士

避开瞬间夺目的暗夜

在银行大厦的玻璃光芒里缓缓刹住车

1997

时代广场

细雨而且阵雨，而且在
锃亮的玻璃钢夏日
强光里似乎
真的有一条时间裂缝

不过那不碍事。那渗漏
未阻止一座桥冒险一跃
从旧城区斑斓的
历史时代，奋力落向正午

新岸，到一条直抵
传奇时代的滨海大道
玻璃钢女神的燕式发型
被一队翅膀依次拂掠

雨已经化入造景喷泉
军舰鸟学会了倾斜着飞翔
朝下，再朝下，抛物线绕不过
依然锃亮的玻璃钢黄昏

甚至夜晚也保持锃亮
晦暗是偶尔的时间裂缝

是时间裂缝里稍稍渗漏的
一丝厌倦，一丝微风

不足以清醒一个一跃
入海的猎艳者。他的对象是
锃亮的反面，短暂的雨，黝黑的
背部，有一横晒不到的娇人

白迹，像时间裂缝的肉体形态
或干脆称之为肉体时态
她差点被吹乱的发型之燕翼
几乎拂掠了历史和传奇

1998

低岸

黑河黑到了顶点。罗盘迟疑中上升
被夜色继承的锥体暮星像一个
导航员，纠正指针的霓虹灯偏向
——它光芒锐利的语言又借助风
刺伤堤坝上阅读的瞳仁

书页翻过了缓慢的幽暝，现在正展示
沿河街景过量的那一章
从高于海拔和坝下街巷的涨潮水平面
从更高处：四川路桥巅的弧光灯晕圈
——城市的措词和建筑物滑落，堆向

两岸——因眼睛的迷惑而纷繁、神经质
有如缠绕的欧化句式，复杂的语法
沦陷了表达。在错乱中，一艘运粪船
驶出桥拱，它逼开的寂静和倒影水流
将席卷喧哗和一座炼狱朝河心回涌

观望则由于厌倦，更厌倦：观望即颓废
视野在沥青坡道上倾斜，或者越过
渐凉的栏杆。而在栏杆和坡道尽头

仓库的教堂门廊之下，行人伫立，点烟
深吸，支气管呛进了黑河忧郁物

1998

译经人

梦之军队乘风沓来，侵入睡眠的
黑暗领地。黄铜号角辽远地
破晓，唤醒朝露、武僧团
村委招待所波斯相貌的
服务小姐……那号角又命令
晨风急刹车，闪跌大梦
在超出了睡眠的塔林小广场

另一支军队也集合起来了。引擎
轰鸣，驱动大客车奔赴——去
占领。指挥员导游的三角旗摇曳
被半导体喇叭变形为魔镜的
一副嗓子，映照中翻新了旧地
旧山门、甘露台上曾遭火刑的
两棵旧柏树、少室山下

依旧的白昼……。跟梦，跟反复
频繁的日常不一样，译经人枯坐
在晦暗的廊下，在一记钟声里
透过纸张，抵达了圣言止息的
三摩地。然而凭藉或许的意愿
译经人回过神，黄昏已重临

——卷帙中灯盏重新被点亮

这时候游客们撤退至半途
愈加沉闷的黑暗车厢里，肉身
酣睡，全体倾斜着，任速度跨辗
朝不夜城急拐，像所谓大趋势
像过时的时尚……他们那近乎
无梦的梦中，不会有译经人
垂死的脸，隐约灯影的空幻表情

译经人空幻的形象也不属于
梦以及现实。又一支黄铜号角吹响
收拾了时间和时间的凡俗，从廊下
到星下，译经人踽踽独行细小的
林间路。他或许在几座砖塔间
歇息，一无所思，不在乎他是否
已经是尘土或吹来的一阵风

2000

过海

（回赠张枣）

1

到时候你会说
虚空缓慢。正当风
快捷。渺茫指引船长和
螺旋桨
　　　　一个人看天
半天不吭声，仿佛岑寂
闪耀着岑寂
虚空中海怪也跳动一颗心

2

在岸和岛屿间
偏头痛发作像夜鸟覆巢
星空弧形滑向另一面。你
忍受……现身于跳舞场
下决心死在
音乐摇摆里。只不过
骤然，你梦见你过海
晕眩正仿佛揽楚腰狂奔

3

星图的海怪孩儿脸抽泣
海涅被度尽，航程未度尽
剩下的波澜间
那黎明信天翁拂掠铁船
那虚空，被忽略，被一支烟
打发。你假设你迎面错过了
康拉德，返回卧舱，思量
怎么写，并没有又去点燃一支烟

4

并没有又回溯一颗夜海的
黑暗之心。打开舷窗
你眺望过去——你血液的
倾向性，已经被疾风拽往美人鱼
然而首先，你看见描述
词和词烧制的玻璃海闪耀
                            岑寂
不见了，声声汽笛没收了岑寂

5

你看见你就要跌入
镜花缘，下决心死在

最为虚空的人间现实。你

回忆……正当航程也已经度尽

康拉德抱怨说

缓慢也没意思。从卧舱出来

灵魂更渺茫，因为……海怪

只有海怪被留在了那个

书写的位置上。（海怪

喜滋滋，变形，做

诗人）——而诗人擦好枪

一心去猎艳，去找回

仅属于时间的沙漏新娘

完成被征服的又一次胜利

尽管，实际上，实际上如梦

航程度尽了海没有度尽

2000

窗龛

现在只不过有一个窗龛
孤悬于假设的孔雀蓝天际
张嘴去衔住空无的楼头还难以
想象——还显露不了
建筑师骇人的风格之虎豹

但已经能推测：你透过窗龛
看见自己，笨拙地骑在
翼指龙背上，你企图冲锋般
隐没进映现大湖的玻璃镜？也许
只不过，你刚好坐到梳妆台边上
颈窝里倦曲着猫形睡意

那么又一次透过窗龛
你能够看见一堆锦绣，内衣裤
凌乱，一头母狮无聊地偃仰
如果幽深处门扉正掀动
显露更加幽深的后花园，你就能

预料，你就能虚拟：你怎样
从一座鱼形池塘的肤浅反光里
猜出最为幽深的映像——一个

窗龛如一个倒影，它的乌有
被孔雀蓝天际的不存在衬托
像幻想回忆录，正在被幻想

语言跟世界的较量不过是
跟自己较量——窗龛的超现实
现在也已经是你的现实。黄昏天
到来，移走下午茶。一群蝙蝠
返回梳妆镜晦黯的照耀。而

你，求证：建筑师野外作业的
身影，会拉长凝视的落日眼光
你是否看见你俯瞰着自己
——不再透过，但持久地探出
窗龛以外是词的蛮荒，夜之
狼群，要混同白日梦

2001

途中的牌戏

（回赠臧棣）

不知道能否从双层列车里找到那
借喻。他们在潮湿的站台逶迤
像惊羡博物馆禽类收藏的
好奇参观者，不安地注目
软席车厢里旅行家无聊

但一声响笛催他们上路
一群时限鸟在他们咽喉里
啁啾"开车啦"。稍稍犹豫后
他们也成为乘客去旅行。他们
读晚报，刻意在上层硬座里对坐

用不了多久，一个意志就招呼着
来到了他们中间；一副扑克
替换了闲览。他们被聚拢进
同一种玩法，却又分散在
各自摸来的点数间专注

只是在洗牌和懊悔甩错主牌的
当口，他们才扭过脸探看
车窗外：细雨之猫一变
世界翻作浪，咆哮淋漓如

老虎般滂沱……而一连到来的

几组同花顺——却足以
把想象钢轨上滑翔的电鳗
控制于水一样溃散的败局，让速度
减缓，不会甚至将终点也错过了
尽管，实际上，他们循环在

循环游戏里……就这样火车
抵达下一站，有人嚷嚷着"下去
瞅一眼"，好像换手气
再试着摸来全新的好牌
他们指望着，旅行家有一副

小怪模样，打火，点上烟
阔步蹚向裹紧塑料雨披的黑桃 A
不碍事的旁观者照样看门道
在站台上潮湿地逶迤，不插嘴
等一声鸣啭，再启程……升一级

2001

何夕

那无形也可以算一个姿势
放慢的胡旋舞，在空气里不过是
女明星挥挥手打发了残烟
天地间新精神替换旧腰肢

如今甚至已失传了想象
朱雀折拢翅膀，像一把滚烫的
壶，而枯坐茶楼上渐渐
温润的游客半探身，用一嘴
茗香，吐出不再有回味的浮世

"阮玲玉？ NO……张曼玉！"
街对面一湖水稍稍倾斜
要把绿意，灌满打火机点亮
那一瞬。就在那一瞬，风漫卷

仅属于电影的闪回，把七世纪
长安，画报般哗拉拉乱翻了一遍
在其中挣扎又飘摇的一朵
被剪辑之刀半张着叼过来
拼贴一点点淡出的映像

意愿余火则残留至今，依然

闪呀闪，吹进每个人膨胀的肺

——再次吐出的再归于无形

再在半空中，以迷蒙之眼

烟视转换于角色和本色间

形神之媚行。这也不过是光影

媚行，是放慢的胡旋舞最终休止于

时态疑问里："今夕，何夕？"

……女明星挥挥手又招引朱雀

2001

梳妆镜

在古玩店
       在古玩店
手摇唱机演绎奈何天
镂花窗框里，杜丽娘隐约
像印度香弥散，像春宫
褪色，屏风下幽媾

滞销音乐被恋旧的耳朵
消费了又一趟；老货
黯然，却终于
在偏僻小镇的乌木柜台里
梦见了世界中心之色情

"那不过是时光舞曲正
倒转……"是时光舞曲
不慎打碎了变奏之镜
鸡翅木匣，却自动弹出
梳妆镜一面
       梳妆镜一面

映照三生石异形易容
把世纪翻作数码新世纪

盗版柳梦梅玩真些儿个

从依稀影像间，辨不清

自己是怎样的游魂

辨不清此刻是否

当年——

        在古玩店

在古玩店：胶木唱片

换一副嘴脸；梳妆镜一面

映照错拂弦／回看的青眼

2001

礼拜五

被召唤的……是那个召唤者。他胸中
一片月将他照耀；他想象的海域间
汽泡般升上水面的博物馆缩微了宇宙
博物馆显现的岛屿乌托邦敞开
码头，要迎候一艘锈铁船抵达

罗盘却指向另一个所在。他的心偏离
他进展到时间半途的旅行上演了
滑稽戏：仿佛军舰鸟，有如被风
从前甲板拥抱上尾舷高杆的一张
旧报纸，他的身体在速度中变幻

他的意愿——飞翔中倾侧
划出的弧线企图围拢别样的中心
别样的标志物，别样的博物馆
和一个别样的主角……哦现实
他的船几乎在转向中覆没，他的自我

被抛上了浅滩——被时代风格的
低劣诗作之塞壬猎获，而又被舍弃
在一座反面的乌托邦岛屿。这样他努力
去做鲁滨逊，去点燃篝火、拉扯大旗

去词语乱石堆砌的堡垒召唤／被召唤

那竭力呼喊中借来的句子是新的

滑稽戏；那回声就像被照耀的一片月

又将他照耀——要让他看清：尽管他

从不是食人生蕃，却仍然仅仅

仅仅是礼拜五

2001

幽香

暗藏在空气的抽屉里抽泣
一股幽香像一股凤钗
脱落了几粒珊瑚绿泪光
它曾经把缠绕如青丝的一嗅
簪为盘龙髻，让所谓伊人
获得了风靡一时的侧影

然而来不及多一番打量
光阴就解散了急坠向颓废的
高螺旋发型。等到你回顾
——折腰、俯首：几缕
枯发残留，是不是依然
以幽香的方式牵挂着

幽香？逝水却换一种方式倒灌
那仿佛已蒸发的容颜映像
随细雨潜入夜——看不见的
凤钗也许生了锈，也许
免不了，被想象的孤灯
照亮……去想象

所谓

伊人并非"就是"也不是

"似乎",但似乎就是

诱人的气息刻意被做旧

你更甚于想象的幻想之鼻

深埋进往昔,你呼吸的记忆

近乎技艺,以回味的必要性

凭空去捏造又像幽香的

或许的忧伤。这固然由于夜

雨在暂歇处抽泣着不存在

这其实还由于:不存在的

抽屉里暗藏着过去时

2001

导游图

余晖佩戴着星形标记像一个错误。像一个错误吗?
还没有尽兴的爬山新手们稍歇在四望峰,
听下面云动,滂沱一场雨。
他们要去的下一个景点更在天边外。

*

大雨让你和他只能在山前小旅馆玩牌。
门窗敞开着,没了生意的发廊姐妹时时来探看。
雾气群羊做得更出色——从桑拿浴室里
涌进走廊,挤上双人床;
雷霆镇压咩咩的叫唤声。

*

借着闪电,写作者一瞥。
借着闪电我记起履历,更多旅程里我被运送着,读
　　别的游记:
借着闪电有人从裹挟里突出包围圈,其中一个说"我
　　已经湿了……"

*

攀登者决定把汗水流尽,

到金顶再把自己吹干或晒干。

他们后面的滑竿里窝着旧样板电影、乌云和乳房：

匪营长的二姨太发髻盘旋、盘旋向高海拔；

臭苦力肿肩，朝旗袍衩口里回望落日沦陷进地峡。

*

这不是诗。是累活儿。

石匠花费了多少轮回筑成盘山梯？

新来者攀上新三岔口，触摸深凿进凹陷鹰眼和

夜之晕圈的青石路标：

抵达乐园还需花费多少轮回呢？

*

但每一次回看像一座小乐园。

如果你打算把视线捆绑在叫不出名字的归鸟脚杆上

回看得更远，直至幽深……小乐园也许会翻转为地狱。

*

一天的等待就已经漫长得让人受不了。

新雨消灭旧雨，新希望成为记忆中振翅欲飞的旧幻想。

傍晚你和他终于厌倦了输赢、反复……

无聊牌戏幸好还可以变化小说：

——他打开台灯……你读导游图。

2002

应邀参观

一个影像是一项邀请。
　　　　——苏珊·桑塔格

于是就搁下奇思异想着光阴的相册，

跟他们一起去看个究竟。

　　　　　　　　　　那晚上下雪，

桃花源被冰封藏进水晶罩……

斜穿过快速隐没的林间路，

一辆马车如他们的忘怀，并没有

驰来，或小驻于记忆的想象之境；

它铃铎的微颤却还是借助风，

依稀拂弄了 YADDO 几乎刻意的寂静。

幻听着旅人途中的低吟，白色之下褐色的

三月，被一个旋律轻轻搅动着——

"还要赶多少路才能够安歇？"他们

不搭腔。华灯从幽深处打开新境界。

仙子颜如玉，因为隐身于老式爱情吗？

客厅几经蜿转后展现。她透过镂花镜

将他们摄入——她安排他们

啜饮闪烁于盆栽阔叶的室内乐甘露。

酩酊为他们摇曳仿童话。每一重门户

则可以仅靠着寻常言辞反复去推敲。

数幅山海图勾勒乌托邦，卷帙间瑶池

掩映漫游者渡越的意愿和

濯足之探——那口大浴缸更值得在意，

它归结得恰好，在走廊尽头，

提醒世界无瑕地搪瓷化。谁要是

撩开它二十四小时热水蒸腾的雾气帷幕，

谁就会看到，绮窗外雪的戏剧

净化着，七个小矮人陶醉，更醉，

以他们的茫然追随漫卷的超现实公主……

然而不打算继续下去了——自他们

过多的惊羡里转身，到黯然处

摆弄错放在大理石裸女和

青铜鹤鸟之间的电视机。对于仿童话，

它像个童话；对于每一间提供好梦的

理想之屋，它是否现实？荧屏被

雪花干扰了片刻，显露出掀掉披巾的脸

揭去防毒面具的脸……花容

转阴，——水晶罩里的颜如玉仙子

又待如何呢？

　　　　　　　于是就搁下

　　　　　　　奇思异想着光阴的相册。

刘子骥安歇，"……遂无问津者"！

2003

【注】

YADDO, 美国纽约州小城 Saratoga Springs 的一个艺术村。

梦不属于个人

（写给 DODO。她说"梦不属于个人"）

七块门板就像他度过的任何七天。
他纯粹的一生，在每个七天里循环周行，
直到轮回将他变成了另外的他，
继续在月升时上紧门板，月落时卸下，
打开，让摆放烟纸和松香的木柜台，
正对不变的青石栈桥。栈桥外水雾
弥漫浩淼的世界尽头。

        他总是在柜台后
遐想到瞌睡，被苍蝇盘旋的核桃脑瓜里
盘旋着蝴蝶梦，招引追逐鳞翅目幽灵的
标本采集人——洲际旅行者不期而来，
胸前一架足以摄魂的数码相机，
代替了腰间捕风的尼龙网。镜头，捉影，
却刚好把悠久的现实之蛹

        幻化作翩然。
这让他迷惑——自己是否醒来过一次？
他的涣散，则再次以猜测聚焦疑问，
打听世界中心的消息。"那不过是一间
普通书房"（镜头被旅行者缩回相机，
如同梦出窍，试探了星空又重返黑暗）

"一盏白炽灯，收敛语言和

真理之光。

在那里月升，接着月落，——典籍

因为被反复翻阅，获得了循环周行的

结构……"他听见他正在喃喃自语，

七块门板和他的木柜台，遥相对应世界之

空："这设定于书房里摊开的典籍，其中

诗行——全都在一次瞌睡里写就……"

2003

全装修

> 诗是这首诗的主题
> ——史蒂文斯《弹蓝吉他的人》

1

来自月全食之夜的沙漠
那个色目人驱策忽必烈
一匹为征服加速的追风马

他的头盔显然更急切
顶一篷红缨，要超越马头
他的脊椎几乎弯成弓

被要求斜对着傍晚的水景
上足了釉彩的锁子甲闪烁
提醒记忆，他曾经穿越了

浅睡和深困间反复映照的
火焰山之梦，他当胸涂抹
水银的护心镜，把落日之光

折射，如箭簇，从镶嵌在
卫生间墙上这片瓷砖的
装饰图案里，弹出舌尖去舔

去舔破——客厅里那个人
却正以更为夸张的霓虹腰身
将脑袋顶入液晶显示屏

　　2

一个逊于现实之魔幻的
魔幻世界是他的现实
来自月全食之夜的沙漠

在帝国时代里，他的赤裸
被几番无眠黄袍加身
茅庐变城邦……一枚银币

往返于海盗和温州炒房团
之间的无间道——重又落入
抽离内裤，赶紧一掬虚无之

手的时候，那个人已经用
追风马忽必烈装潢了赤裸
锁子甲闪烁，高挂于卫生间

浴缸的弧度则顺从着腰身
而一抹霓虹斜跨人工湖
没于灯海，令夜色成

夜色笼罩小区
　　　　　　令一番心血
不会以毛坯的名义挂牌

3

这情形相当于一首翻译诗
遛着小狗忽必烈的那个人
将一头短发染成了金色

他如何能设想他被设想着
脑袋退出了电脑虚拟的
包月制现实，并且用赤裸投身

超现实，镶嵌进卫生间墙上
这片瓷砖画装修的悠远
披上浴袍像披上锁子甲，凭窗

望星空，构思又一种
魔幻记忆——他曾经穿越了
浅睡和深困间反复映照的

火焰山之梦？或许他只不过
自小区水景和不锈钢假山
择路返回。这情形相当于

一首翻译诗：它来自沙漠的
月全食之夜，不免对自己说
——天呐，我这是在哪儿

2004

【注】
帝国时代，一款电脑游戏。

奈良

往高松冢的路上如梦
樱花树下时时遇见麋鹿
歇脚在一边翻看杂志克劳斯如是说

世界末日之际
我愿正在隐居

坐到法隆寺殿的黄昏瞌睡唯美之迷醉
又有铁铃铛叮叮
送来想象的斑鸠

走马观花一过
即为葬身之地

2005

【注】

卡尔·克劳斯（Karl Kraus, 1874—1936），奥地利作家，
4、5两行出自其《格言》。

电影诗

如果到了未来

记忆还能够升起一片月

照临往昔

　　　　也就是现在

让一线斜阳把下沉式广场的虚怀收紧

缩成情人座，你会不会又一次

放大了瞳孔？——因为你依旧

被电影最初的那阵子黑暗抱得太热切

电影要映现的，却是另外的想象方程式

电影不打算再去收紧，它只要

看电影的两个人成为唯一

当情人座在电影渐渐松开的明亮里空旷

那唯一的人，一半还勉强

守住又可以自由的身体，还有一半

早已在下沉式广场的欲望里化开

放起了风筝——镜头于是从天边外俯冲

快推过道道锋利的屋脊像掠过层层浪

　　　　　　　　　你呢

从贪恋的狂吻里挣转来半边脸，鸟一样侧目

故意将月下滑翔的翼翅全看作山梁

"在那一侧"

    你飘扬着一半漫卷的身体说

"有几枝荆棘花闪耀着闪耀……"

它们莫须有倒刺的茎秆

会不会勾连唯一的那个人缠绕的视线？——所以

         你

在情人座里调整了一个更忘我的角度

好让仍属于自己的这一半

慢一点看电影快速进展于时间隧道

唯一的那个人

    如果把情人座装修在一辆

空调大巴最靠后的高坡上

让你能更放肆，偃仰在车窗的宽银幕前

那么只要一穿过隧道，你和你就都能如同电影

从现实攫取的记忆里看到……那闪耀

正在闪耀着……

     并且，如果

    到了未来

记忆还能够升起一片月照临往昔

也就是现在

你和你也只能就是那个唯一的人

像穿过时间隧道般又穿过下沉式广场的电影

"在那一侧——

有几枝荆棘花闪耀着闪耀……"

2006

童话诗

被将来的夜雨洗了好几遍，在废旧车厢
锈红的那一侧，粉笔字早已字迹模糊，
却反而勾勒出清晰的腔调：

                     "胖子下班了，
        多么舒服呀！"

要想再一次确认这声音，目光先要
从废车厢移向小站砖墙上挂着的灭火器。
灭火器下面，长条椅空寂。这个胖子，
虚幻地舒服着
粉笔轻描的身形轮廓。

              胖子是透明的，
能够把臃肿于繁星的一整个通宵
慢慢咽下去。
           但胖子有点乏，他仅仅
把启明星照例像黄昏星一般别在了胸前。

……他的徽章也成了他的灯，
引着他打一个冒出猫形白汽的哈欠，
迈过小铁门拐进了幽深。

             在他身后，

火车忙碌得越来越隐约。

远去的轰鸣正被这隐约载往寂静，
要不是轰鸣以另外的隐约蹾出小铁门，
像若无的追光追上了他，
胖子的前方，大概就不会有
一阵阵放大声量的犬吠……

可现在，狗又到村头又跳又叫，
空气震颤，一轮月坠进了半轮
村后的丘山。
　　　　　　胖子嘟囔着他的八字步，
让声音泛白的泥径蜿蜒，穿过他

粉笔框出的空心身体，去抵达世界
本来的疲惫。那便是胖子下班的
舒服了：一轮月又抹掉半轮丘山，
为了弥漫开漆黑的穹窿。
　　　　　　　　　胖子也许就

歇在了那下面。
他趁着屁股缝裂开裤子的凉快和滑稽，
蹲在了那下面——
他借着有可能抹掉自己的痛快和滑稽，
用粉笔把自己涂写在夜雨将至的那下面。

2006

旅馆

我在旅馆里写一座旅馆
我躺在你身边等待着你
嘴唇亲吻，舌头舔舐
牙齿咬啮手不被允许
手将要伸过去
打开更幽婉的另一个房间

另一个房间另一支乐曲
天堂的邻居放弃了永生
有人仰面，星光灿烂
看你转侧时间的拐角
你伫足去探问
用柔情俯向顶窗的半透明

监控室并置一面面荧屏
上演走廊里空寂的戏剧
电梯静候，门卫熄灯
梦里夜色被换成白昼
醒来的又一天
又一个房间我依然等待你

我在旅馆里忆一座旅馆

我躺在你身边遥想起你

嘴唇说出，舌头眷恋

牙齿没了心还在咬啮

心也会跳不动

你推门走进来倾身俯向我

2006

译自亡国的诗歌皇帝

搁下铺张到窒息的大业：那接近完成的多米诺帝国
一时间朕只要一口足够新鲜的空气

*

而突然冒出的那个想法，难免就会被激怒贬损
——万千重关山未必重于虚空里最为虚空的啁啾

*

声声鸟鸣的终极之美更搅乱心
拂袖朕掀翻半辈子经营的骨牌迷楼

2007

归青田

（纪念记忆）

整个夏天，临睡前去铺开
被汗渍渲染得更老的篾席
再把盔形罩锈蚀了半边的那盏台灯
也移往滑爽的打蜡地板，摆放于
篾席微卷起破损的那一头

他躺下，就着灯，展开一册
《聊斋志异》——望夜里干脆
就着满月
　　　　　边上，他儿子喜欢看
玉兰树冠影从长窗到墙脚再到天花板

他读一段然后讲解，朔弦明灭
语调各不同。浓郁之晦里
他儿子听见狐妖们踮脚轻点屋瓦
另有魂魄，凄然转过弄堂暗角
脸色纸一样，到水边幽怨

接着是另几个眉月和盈月夜
另几个亏月跟残月切换，枕席之上
他娓娓，演绎更多非人间故事
为了强忍住一个呜咽，为了用他

所有的诉说，不去诉说他母亲的姓名

又一个夏天来临，儿子已到了
他当初啮心压抑悲愤的年纪
凭着栏杆，两个人翻看一册旧书
端详着，终会显影于遗忘暗房的
颤栗的底片

　　　　——当这个女人
在早先的夏天突然发了疯
从自己的姓名里纵身一跃
沉进河塘，像要去掴紧油亮水镜里
漩涡一样无限收摄高音的喇叭

殒于火红的黄昏之上，有另一只喇叭
跟落日重叠，仍然在倾洒
喷射拉线广播的烈焰，半枯焦了
野田禾稻、运河与沟渠……穿过
这个女人的道路，入夜之后没匿无声

唯有萤火虫把冷月领进了死之黑暗
躲避满城持续的喧嚣，他重温
母亲早年向他授受的种种传奇
恍惚两栖于阴阳世界。梦中之恋
天亮后幻化成光阴的废墟

　　　　　　而现在

从那册《聊斋志异》里，他找回

依稀于母亲所有前生的照片一枚

背面一行字，只为他儿子倏现即逝

重慈：归青田……隔世的情人并逆鬼

　　　　　　　　　　　　　2008

退思园之镜

现在全都进来了他们拥挤空的戏剧。

回廊蜿蜒又被蜿转；路径交叉，分岔香樟直到枝桠。

直到梢头，卵形叶片错综叶脉。

透过漏窗，游客张望漏窗那边他们张望的水中倒影。

任兰生用一生换一座园林，为了把一面镜置于其中。

他知道他必须攒敛何止十万两银子，才配在园中吟
    清风明月不须一钱买。

他知道意欲深隐镜中，就得朝离镜更远的方向退思。

现在，从每个方向他们都逼近，几只电喇叭，导游
    同一种声音镜像。

每个方向的每位游客是相同的他们。

任兰生未必张季鹰之辈，油焖茭白跟鲈鱼莼菜倒是
    能做伴。

于是，他儿子置镜于菰雨生凉轩映照那退思？

游客远征军现在却占领了镜前竹榻，他们的战利品，
　　是一样背景的一帧帧照片。

镜子映现同一张镜子脸；镜子脸皱起面对春水。

睡姿幻想的幻象则迥异。

任兰生用一生换一座园林，却没有来得及匆匆穿越
　　这座园林。

他甚至不曾在镜前竹榻上占有过一个夏日午后。

他更不曾在镜前竹榻上占有一个夏日午后去梦见
　　同一座园林是另一座园林。

在同一座园林或另一座园林，现在，游客于镜中串
　　演幽媾戏。

他们拍留念照，揽导游细腰，或者让导游帮着摁快
　　门，左搂左抱他们的风月。

镜头之镜收摄了念头的一闪而过吗？

当那面镜子由儿子架起，他父亲的一生就成了镜像。

任兰生用一生换一座园林，那园林之镜，说出他向
　度相反的历程。

他远在天边外思退的进路，被一匹奔马掀翻，阻断
　于天边外。

而现在他们也全都退出了，空的戏剧再度被抽空。

他们随手一扔门票，不须一钱如何买得清风明月归？

2008

说出咏雨之诗的时候……

说出咏雨之诗的时候

在便利店门口，谁又能想到

一场雨之后还会有一场雪

那个雨中回来的幽灵

雪中已经成了我自己

我正回来，相对于伫立雪中的人

2010

桃花诗

今天也已经变作往昔
——小林一茶

总有一枝不凋

忆想起，冷雨一鞭鞭

狂抽过后的桠杈之空

尽管空也能幻化桃花

脑穹窿下顽固的不凋

却是被痉挛的思维

催生出疼痛

骨朵欲望的不止艳红

不止开放般蔓延的血

这摇曳的不凋臆造

武陵人，缘溪忘路

曾经访得完美的往昔

他的奇遇，有赖一瓣瓣

梦见了他的桃花之念

在你头骨里无眠着不凋

一枝所思又奈何武陵人

只一天尽享无限桃花
并不能死于沦丧时间的

好的绝境。武陵人于是
坠入此夜，重新忘路
斜穿大半座都市的忧愁

他站到一树经不住冷雨
反复虐恋的乌有底下
承应你颅内

　　　　　他的桃花
正因疼痛而一枝不凋
正因疼痛，你臆造他

为你去幻化
仅属于你的无限桃花

2010

莫名镇

一条河在此转折
　　　　　　就已经造就了它
何况还有
两岸水泥栏杆的粗陋

剥落绿色的邮政建筑也足以
构成它
　　　　再加上两三棵树
荫阴里停着大钢圈自行车

小银行则是必要的设施
玻璃门蒙尘，映现对街
蒙尘的学校
　　　　　广播在广播
广播体操反复的广播

另一些影子属于几个人
不愿意稍稍挪动自己
在桥上低头看流水
在家庭旅馆的椭圆形院子里
看一盘残棋浮出深井

百货铺。菜市场。剃头店
网吧幽黯因为从前那是个谷仓
从电脑显示屏擅抖的对话框
到来者跨出，来到了此地
他其实不想找在此要找的，正当
这么个时刻……这么个时代

2010

木马

（写给小曼。马年元旦）

上不紧发条的礼拜天慢转。浦江轮

烟突，喷吐着棉花糖云朵大白兔

锈斑点点的长耳朵旋钥

还不够炫耀

        一对假想的氢气球

红眼睛，从旧洋房三楼的露台

升腾——半空中回头看

拖曳陈伯伯去公园骑木马的

开裆裤弟弟，小麻雀喳喳叽叽

围绕追随勃起来指向欢乐的小鸡鸡

从前，桅杆上，捆绑过一位智勇叔叔

回乡的奇幻航行间，他刻意让一匹

内置危机的木马留驻于欲望的胸襟

豪饮般倾听诱惑之鸟的迷魂调琼浆

他真正的眷恋

是未曾被战争戕杀的记忆

        作为疮痍后新生的未来

而他最终相信的爱情有一台织机

惦念之梭往复……他的船泊靠

纵横帆旗帜改换云天的锦缎河岸

并没有讲完的这个故事，多少年后
在另一个星期天，因为另一座
空寂无人的儿童游乐场又得以杜撰
正当我和你，历尽各自不同的往昔
抵达了此刻，要以眺望返顾我们
共同的来历……我们也去找
弟弟和陈伯伯当初去找的那枚按钮
启动木马转盘，唱奏起无限
循环的时光——暗含其中的同一粒
死亡，会成为，换算欢乐的新方程式

2014

它仍是一个奇异的词

我知道这邪恶的点滴时间
——狄兰·托马斯

它仍是一个奇异的词
竭力置身于更薄的词典
指向它那不变的所指

它小于籽种，重于震颤着
辗来的坦克，它冷于
烫手的火焰一夜凝成冰
它的颜色跟遗忘混同

它依然在，没有被删除
夕阳底下，又一片
覆盖大地的水泥广场上
怀念拾穗的人们弯着腰
并非不能够将它辨认

它从未生长，甚至不发芽
它只愿成为当初喊出的
同一个词，挤破岩壳直坠地心
拖曳着所有黑昼和白夜

它不晦黯，也不是

一个燃烧的词
依然匿藏于更薄的词典
足够被一张纸严密地裹住

它不发亮，也不反射
它缠绕自身的乌有
之光如扭曲铁丝

而当纸的捆绑松开
锈迹斑斑的铁丝刺破

它仍是一个奇异的词

2014

小区

扔下电钻，他到阳台上打火抽烟
干涸的游泳池对岸，有人从镜中
现身，朝虚空吐出缭绕的未来

混凝进水泥深处的往昔，在消逝的过去
刚刚被穿透。墙洞另一端，那
时间之豹，依旧在极小的圈中昏眩

那不是慢转的黑胶唱片，不是远古
秋天，一阵晚风盘旋落叶，青铜的月影
随强韧的河流又拐了几道弯

电钻作业时嘶鸣的速度，比绕行地轴的
世事还要快，比擦痛大气的陨星
还要尖利地刺问着宇宙

　　　　　　　当他用烟圈
也吐一个未来，模仿自己对面的幽寂
他企图忘记他曾经的管窥———一枚

迎接的漩涡瞳仁，要将他吸入乌有之无限

2015

95

宇航诗

永恒的太空那晴朗的嘲讽
——马拉美《太空》

I

大气是首要的关切。航天器不设终点而无远
它过于贴近假想中一颗开始的星
新视野里除了冰脊，只有时间

尚未开始

它出于鸿蒙之初最孤独的情感。在山海之间
发现者曾经晏息的小区又已经蛮荒
幽深处隐约有一条曲径，残喘于植物茂盛的疯病
追逐自己伸向尽头的衰竭的望远镜

黄金云朵偶尔会飘过，偶尔会堆砌
突然裂眦：潭水暴涨倒映一枚锈红的
月亮，瞳仁般魔瞪操纵夜空的太空之空
宇宙考古队拾到了传说的钛金储存卡

那么他死去也仍旧快活于曾经的恋爱
当风卷卧室的白色窗纱，精挑细选的镜头
对准了窗纱卷起的一叠叠波澜，波澜间冲浪板
锋利的薄刃，从造型嶙峋的惊涛透雕宝蓝色天气

96

这不会是最后的晴朗天气，然而最后的影像显示
扮演恐龙者全部都窒息。防毒面具换成航天盔
他隐约的目的性在星际幽深处，因遨游的
漫荡无涯而迷惘。当他的身体化入

共同体，他无限的意识不仅被复制
也被彗星拖曳的每道光携带，摩擦万古愁
或许出于思绪的延伸（像一条曲径）
被切割开来的黑暗未知如果是诗，没有被切割

永不能抵及的黑暗未知之浩渺就一定是
而在眼前的新视野里，发现者尚未开始的又一生
已经从储存卡获得了记忆——另一番想象
来自前世的一个夏天：斜穿过午梦闪耀的宁寂

大人带孩子参观动物园。鸟形禽馆栖于阴翳
粗陋的铁栅栏，挡住麒麟和外星独角兽
"肉鲜美，皮可制革。"标牌上刻写
精确的一行字，曾经，也是诗

II

但只有水暗示生命的诗意；只有水
令横越沙漠的骆驼队狂喜，令巨大的猜测
在万有引力场弯曲的想象里

穿过宇宙学幽渺的针眼

　　　　　　　　　未必得益于超距之戏
倏忽，他成了超弦演义里独自弹出的那个
百夫长，航天盔忧郁，弧面映日也映出书生
由光谱演绎的液态幻象。人造卫星九霄里繁忙

把地狱消息又折射回人寰，空间站废置的
时间机器，依旧逆溯着枯索的商旅
直到干冰以绝冷雕刻的虚薄印迹
显现其化石于无何有深处的或许的证据

但只有水暗示生命的诗意；只有水
将种种假说演化为镜像对称的另一粒地球
悬挂在从他的盥洗室舷窗最方便摘取的永夜枝头
他伸出的食指如果去触探，他也被触击

　　　　　　　　　无极之寒
搜括仿似巴洛克音乐速律的脑电波，冻凝一支支
将会比蝴蝶更炫耀地展开的幻影赋格，铺设进
星际人彩排的神圣轻歌剧转烛的复调

忘了是在哪一轮未来，很可能他已经踏破极冠
要么登上砾岩之丘，去俯察几个滚烫的撞击坑
并不能确定，那里面是否有珍贵的涟漪一闪念
消失，连同荡漾与平复的质地，连同

消失的映照，反向映射不眠的天文台
为企望往生发明又一种往生的企望——但只有水
暗示生命的诗意；只有水引起没来由的干渴
要是不以涸竭为预期，他挑衅时空曲率的步点

就又得移回火箭样式的妄想巴别塔
忘了是在哪一轮未来，变乱的语言也念叨着水
他所模仿的虚构的发现者，浮现出来，模仿着
他，透过盥洗室舷窗的黎明递送宇航诗

2015

虹

（演义于沈括）

——世传虹能入溪涧饮水

猫一样弓起七彩的优弧，虚空里它磨蹭
好奇之痒，它越来越魅惑的拱形身体
越来越吸引注视的抚摸
      而当它睡姿稍稍
翻侧，它让我又梦见另一处溪涧，激波
归于澄澈，倒映另一段锦绣小蛮腰，横过
翁然巨木枝梢的桨叶，划破雨后初霁的长天

这意愿的折射，折射我兴味和志趣的异色
我知道我将筑我的园庐，以梦中之溪
停萦杳缭，把萧然永日的省思环抱。对影
我倾谈，深居绝过从，杂处豕鹿间自得其乐
丘陵顶上，百花堆中央，轩窗俯临
田亩的棋盘，阡陌为已知世界划经纬
又伸向辽远的未知宇宙……那儿，我设想

或许有几个我之非我，好像阳燧的凹面
反照，我反转我——如果未除却心镜之碍
那么我看着鸢往东飞，十字阴影就会西翔
充任背景的一枚舍利塔，就会朝地狱悬垂
去钻探……这是否梦溪岔出的一条支流

恍若，别名蟫蜒的别样的虹，混流斑驳
错杂着相违的众多的我

　　　　　　　　反向幻忆一次次
幻显：一遍又一遍，粮食被淘洗，淀粉
濯尽，白皙柔韧的面筋裸露女人体之妙
一遍又一遍，铁因为百炼不再减轻，终成
黯然青黑的纯钢；我一遍又一遍探窥极星
这才把极点的天位确定；我一遍又一遍
在扬州，在杭州，在东京和出使西京的客馆

被无数个梦的相同场合与场面提醒，直至
无外的必然借来一位偶然道士，示我以镇江
（真切的华胥国）——为了确实的滋味乡愁
张季鹰赴归确实的故地，我归赴虚构的乡样
旧风景，为了完成虚构的故我——京口之陲
正好可以是一个晚境，城市山林众树太繁盛
甚至苍郁得过于荒茂，其间我命名的逝水

蜿蜒，正好可以秉烛夜航——笔的篙橹
纸的扁舟，载我顺逆于相悖的方向，穿越
奈何桥幽昧的半圆拱，抵达同一种自然天命
波澜被船头一寸寸犁开，却依然卷扬
梦之溪涧的水声喧哗……想象潺湲于经验
荡漾假设和推断，我以我的某一番见识
鉴别一幅正午牡丹：被日焰烧焦的艳丽之下

猫的瞳仁演绎时间；呈现一条细线的
虹膜，深底里深藏燃不尽的花影——转眸
漫空又漫溢燃不尽的星光……我猜测猫眼睛
也是浑天仪，反复测量太一生水的玻璃体穹窿
我看到一道新虹跃起，猫的弯曲身形
又去好奇地汲饮——半圆拱如之奈何，一端
梦溪，一端浸在我每个寻常日子的深涧

                                水
是水，是冰霜雪，蒸腾的云气，始原之力
最亲切的智识无形地渗漓，摄一切有形
作为其虚像；水，是道，是莫名多情，并且
万古愁，并且染渍，并且清洁——染渍或清洁
水的自我……水却，还不是；水还不是
小于每个水滴的水，水还不是水的物自体

水的命理学，由一个个小雨点借光又分光
闪烁，数十百千年事皆能言之的前知前定
而我只愿熟观今日，迷惑于今日的往昔之忆
未来之变。更细的雨幕更多幽渺，幽渺一条虹
鞠躬饮水——梦溪边我梦见扣涧注视它
与之对立，相去数丈，间隔的喜悦飘拂着薄纱
要是我过岸撩开薄纱，那么就梦醒，都无所见

——虹乃雨中日影也，日照雨，则有之

2016

如何让谢灵运再写山水诗

卸掉前齿，且留些后耻
当山行穷登顿，陡峻稠叠更提醒
注目。巨岩在背阴处多么幽黯
白云环绕，白云擦拭，也只是益发
反衬其幽黯。清涟之畔细竹枝斜曳

海岸寥寥，海岸线涌起万岭千峰
在自身的万姿千状里寂寞
林间空地乱鸣雀鸟，远音稍显飞鸿
一起沦入黄昏的昏黄。星转，拂晓
霜的微粒轻颤，被抖落——薄月

隐入玻璃天之冬。雪的六边形晶片
则是新奇的另一种玻璃，唯有寒意
没有尘埃。温暖会带来污浊和
消失……光还未及照进深潭，母猿
一跃，隐晦间倏然有新思想映现

为此他或许略去人迹，车辙，炊烟
黄金比例的宫殿；驿站射出马之
快箭，向太守传达最新的御旨
船向岸边的集市围拢，他的头颈

——几年后难免在那儿被砍断

要是追认他觉悟于风景，又去
唤醒自然的情感，以一番番郁闷
愁苦、失意和孤独配套其吟讽
他劈开浓翳密竹，抵及迷昧之核的
道路就贯通至今，就会劈开心的迷昧

要是他返回，勉强现身于都城相套着
九环地狱的任何层级，探看自家楼下
雾霾模糊的池中起波澜，掀动一颗
以怨恨沙尘弥漫为空气的星球倒影
倒影里有一对肺叶翅膀已锈迹斑斑

那上面滚动混羼的水珠，本该剔透地
滚动于莲叶……无穷碧；又比如他
继续山行，歇脚在一株乌桕树下
抬头所见，青峦映入死灰的天色
像一名患者麻醉在手术台，那么

是否，他更加有理由发明山水诗

2016

度假

唯一的改变是一成不变
街巷狭窄依旧，来自天上的巨流依旧
在穿越几片次生林以后又拐过季候
到小旅馆窗下已显得静谧
水中悬浮的黄金锦鲤依旧不动
仿佛云眼里飞鸟不动的一个倒影

他们到来仅只是照例
就像航班照例延误，飞机却照例傍晚
降落，一盏打开往昔的灯，照例昏黄
灯下的茶碗和去年未及读完的书
照例摆放在同一家餐厅的同一张桌上
打烊时告辞，小费也照例

银行汇率跟空气指数稳定于适宜
树阴下的鞋匠铺，民居楼里寂寞的书店
江堤上情侣推单车散步，他们的姿态
莫测的表情，有如一部回放的默片
猫在报摊还是弓着往日的睡形
偶尔有雨，预料般重复上一场雨

斗转星移世事缭乱，每一刻都展现

一层新地狱。然而仍有某种胜境

坚持记忆里终极的当初。那么他们就

临时放下各自的武器，抽身去战前

那间并无二致的酒吧。交火双方对饮

酩酊，确认此刻为真——他们正在度假

2016

另一首宇航诗

真正的冒险是逃离险境。霾固然窒息
要奋力投奔的真空星座更让人犯愁
而且，他提示父亲，眼下甚至没有了
眼前。费尽亿兆时日和心力，大气迷宫

的确已造就，这世界奇观一望无所见
一牛九锁于其中的牛头怪牛瞪着盲视
牛祸之牛哀，却依然牛掰，凭牛劲执牛耳
要像牛市冲上牛斗般跟自己顶牛，钻

牛角尖——这些个史前词早变得晦涩
要么被设定为会引起颠覆的敏感词、废词
并没有可能在末日混沌里擦拭掉污浊
重现一种有如牛蝱的尖锐穿透力

那么那诅咒是否也失效？硅晶身体
程序思维的童男童女刚组装起来
赶不及上线下载灵魂就遭遇吞食
祭献物统一莫测的表情，红肿着喉阀

用类似咆哮的掏心咳嗽发炎其幻灭
被劫持的整体，则全为呼吸套上了

禁锢发声的防毒罩笼络……父亲于是
对儿子摇头，没有谁还在说"吾与汝

偕亡！"——也没有谁还能摸到出口
从悬浮无限魔昧细颗粒的此梦里醒转
对镜清理掉多环芳烃跟重金属眼眵
辨认脸上的自然本相——但伊卡洛斯

终得以突围，从上一纪古视频"首都
三叠"寻找虫洞，重启沙漠里 1971 年
折断的飞行器，补上气溶胶，羽毛
石油焦助推，生天去亲近亡毁的新宇宙

2016

略多于悲哀

于是就被又一次升华
当身体组织变为癌组织
甚至扩散到每一部手机
污染每一条河流，小血管
耗尽泥土贮藏的生命力
以及岩石最后的坚毅

　　　　　骨头

于是就被又一次升华
化作灰，要么烟，散成绮
或者想象的一张张空椅
当天上弥漫火焰的碎尸
落向层出不穷的言辞
难以删尽的泡沫，浪

　　　　　舌头

于是就被又一次升华
舔卷余烬，如簧弹激
未尝没去尝勇气料理
当献身以陷身一跃腾踯

现实的出口朝向超现实

死亡替换了另一个词

断头

于是就被又一次升华

就喷染霞色，溅开梅花图

而遮目的热泪几乎融释了

意愿坚冰。当冷酷的智识

热点里滚沸，蒸发之诗

又会有哪样的新政治

兆头

于是就被又一次升华

……接着我不知

还能怎么写：一个新噩耗

移开了我手，从有着体温的

鼠标脊背——它过于私密

但是更沉痛，在更小范围里

倏忽一现，更加不适合

为之写下诗？当世事凌空

云和云堆叠，落下滂沱雨

也就散去了……我不知

接着还能怎么写

昨天

有一条公路垮塌在山那边

离我的住处大约十八里

今天一早有人醒来说

梦见泥石流，把我们覆盖

2017

辑二　组诗

眼眶里的沙瞳仁

[拟少年行]

夜曲之一

冰山的翼翅展开
这些闪亮的鸟，在风中漂浮

我的屋子像一只皮鞋
正对堤坝，等夜色降临

翻越一排平静的树林，又翻越一排
我听到涛声之间晃动着月光
两个醉汉，台阶上歌唱

如槐花掉落，夜色掉落到我身上
树冠晃动我看见我的屋子移行
朝向那堤坝
枝条的黑铁交错于天花板

我听到骑手的侧影淙淙作响
金星映在岩石前额、马的鼻梁
骑手的短刀轻敲髋骨击打着我
他靴后根的小刺
蜇痛磨损冰山的愿望

夜曲之二

另一个夜晚，当鸟儿沉入海底或溶化
一座盛夏嘈杂的城，会变为空城

这流汗的城，有旗帜和哨兵
有星云天空和蝴蝶喷水池
树的浓荫里，情人们曾经相互咬啮

我的逃离是我的追随
我看见步伐斜穿过马路
我的足踝，我亢奋的手

我看见赤裸的堤坝上赤裸的晴天
滚烫的闪长岩，一边阻挡怒海发疯
另一边展现沙漠大雪，暗红一大片

他的马蹄踏破热浪，他的剪影
一顶遮阳帽划破夜晚的城市之光

我的逃离是我的追随
我听见步伐拍打马路的卵石
我的黑发，他的马鲛鱼皮肤闪亮
我们背后是消失的空城

骑手

很久以前的天空
太阳如一盆带黑的牛血
有琴弦绷紧的星宿，有寒冷的星宿
和正午时刻的一片寂静。在它下面
条条山脊如一柄柄钢刀
刀口正对着粗糙的北风

如避居山林的光脑袋先知，鹰
从深厚的积雪里缓缓飞出
伸展开翅膀，在悬崖和大海间
一动不动

鹰也来自闪烁的刃光，在出山的路口
从新月般凹陷的注目之中
伸展开一条宽阔的河
骑手的英姿，伸展开季节

这个唇如薄冰的人，鸳鸟的发型
酒壶里深藏着鱼群的呼喊
他一路播撒他的故事
豺狼的故事，蜥蜴和龙舌兰的故事
从嶙峋的山地直到平原
直到炎夜喧嚣的集市

于是我为他打开城门

发现他眼里，有纯洁的盐

眼眶里的沙瞳仁

我所有的黄昏，是军舰鸟黄昏

是戴胜黄昏，是响尾蛇和巨浪腾跃的

同一个黄昏，乱石之上

落日如一粒沙制的瞳仁

我想要溶化的风景，是沉静的风景

秋虫们张开透明的折扇，像七星串起

金属的夜，初月被我的锁骨穿透

这就是我所看见的，通过那粒奇异的瞳仁

大地不断跌落，直到沙漠和海底深峡

那些软体动物的缝隙，甲壳贝类的远古

蔚蓝的大气将它们包围

我的思绪被目光牵引

沙制的瞳仁有季节的眼眶

骑手之眼，马之眼，我追随之眼和

原野或风或记忆之眼

我想要溶化沉静的景象，我想要进入的

是颠覆自由的自由的梦境

远离高墙和阴影之墙

高天的冷空气充注黄昏，充注进此夜
又一夜冷空气，眼眶里的沙瞳仁重合于满月

夜曲之三或马

马像一颗白色的星球
月落之前被我认清
月落之前，马的嘶鸣颤动黑暗
一把冰冷的刀
切开了谁的奔驰的心脏

沉寂，寒光好像凝固了呼吸
树下骑手有冰棱的透澈

他终于变得更为犀利，赶着一群
陌生的马。他轻轻咳嗽
坐骑被冻河的镜子反映
整齐的鬃毛像他刻意的船锚式胡髭
像修剪如仪的意大利花园
让我回想起另一种生活

河滩以东，破晓的微光是一匹狐狸
月影是烧到尽头的篝火

寒烟弥散开睡梦的生铁

马在打着响鼻
它们的骨骼铿然作响

成长的日子

多少个日子，和另外的日子
被阳光晒成盐的日子
从峭壁般陡削的堤坝下走过
那些为枯树添枝加叶的日子
把阴荫涂抹成绿色的日子
以及从河流到雨，从粗糙的沙粒
到南风掀起甜草根茎的日子

我在那个进程之中，肩膀变得
开阔，鼻息和唇齿间有尘暴的声音
骑手英俊地前导于行列
这个我曾经渴望的人
此刻仍然是我的指针

我的前面，小腿弯曲的男子汉们
快活如萱草，马匹呼啸汇入了流沙
我的眼里，有两个季节的晴天
有地底上升的源泉之水

有坡道山羊那倔强的棱角

多少个日子，经过栅栏又翻过围栏
穿越狭谷和下着火焰之刀的原野
多少个日子，和另外的日子
我的大腿已粗壮有力
夏虫和冬雪把螺旋的年轮刻上我
额头，那闪耀的，那钻探的光芒

骑手讲述的第一个故事

既不是马，也不是冰
也不是钱币落下如雨
垂死的鸟或树上的青蝶
是什么东西烧伤了语言
是什么东西，把它烧伤

一个瞎子的语言
用琴弦和白发奏响的语言
从石头和木笼子开始的语言
在叹息里，在一座庭院
高大的食火鸡开口说话
好像有什么，把语言烧伤

于是七个人走出墓地

坐进七个月蚀之夜
他们有七张金色的脸
因死亡而七次枯歇了生命
他们的语言，被什么烧伤

既不是马，也不是冰和
金属的语言。他们
被什么烧伤，在一座庭院
像琴弦也像瞎子的白发

骑手讲述的第二个故事

刀子不知动物的体温，刀子不懂
自己的体温。刀子不解寒光多么冷
在一个黎明，在太阳之河
尚未流向原野的黎明
它已经割开了一头红狼

握紧刀子的手，也是紧握缰绳的手
也是触发爱情的手，当手中钢刀
变得滚烫，热烈地刺向女人的身影
那红狼一跃，遮挡住天光，黯淡了星光

而在大雪覆盖的修道院
末日围困的绝对境地

脱俗的塔楼有刀子的形状
有镶花玻璃，有能够看清羊群的
窗户——悲歌与颂歌
有着刀一样激越的表达

这一夜，带刀的男人穿过林带
看见了他所思念的人
她从浴后的月色里现身，赤裸
僵硬，有着刀鞘般深邃的投身

去大海之路

远到橄榄树倾斜的海口
在孤挺花肺形草蔓延的节日
港湾平台下沉重的葡萄园
被卷层云猎手的天气劫掠
而夕阳捕获了归来的航船
一只沉思默想的大鸟
从我的意愿里殷红地回落

我踏上途程的时候，我的眼里
铺展开草原，我掸去鞍上尘土的
时候，我的想象起了波澜
这是去大海之路，指向另一片海
不同于钢铁和塔吊的海

不同于恐龙抓斗和鸥鸟从煤烟里
掠过的海。这是去大海之路
指向岛屿和灯盏，扩展洪钟的声浪
被叠加的暴风云重重阻隔

海的马群浮泛于日光
骑手引导着，响亮地拍打

一片荒凉

鲸鱼骨骼散架的地带
秃鹫啄食蜥蜴的地带
也是我曾经走过的地带

衰败的草场像腐烂的牛
被狂风撕咬
烈日下爬满白色的蛀虫

河床裂开了它的创口
它暗红的流水，让饮者
变哑——用它浇灌
橙子树会长出凄厉的病鸟

一匹来自愿望的马
吃掉了这里最后的干草

有如一张生锈的热铁皮
它的嘶鸣蒸发，它的蹄印
在乱石上留下灭绝的叹息

这是我曾经穿越的土地
刀痕累累的风景
乳房如衰草的女人
阴囊枯竭干瘪的村庄
仅有一息尚存于原野
偶现鳄鱼，几丛紫萼藓

这是我曾经穿越的土地
天空低垂着。我的眼前是
恶毒的沙丘，我的胯下

一片荒凉

房舍

然后我们将进入房舍

远远看去
房舍像梦中遗弃的海胆
在乱石和瘦削的风景里浮现
远远看去

房舍之梦镶上了绿边

在月色泛青的沼泽边孤独

然后我们将进入房舍

我们带着白色的马

带着作为途径的绳索

我们进入这半开的房舍

有乌鸦和蝙蝠聚居的房舍

我们进入

然后看星球慢移过窗前

无限之夜围绕它盘旋

然后我们将进入房舍

那些用兽骨和犀牛皮

张开的床帐，那些挂在

墙上的伤疤，那些

仍在述说的先知话语

以及被骑手抚摸的目光

被安慰的收敛的

风，收缩的阴影

然后我们将进入房舍

在我附近

在我附近，有叫不出名字的水脉，湖泊
城市之光仅仅在那些反光里闪回
一些钓鱼归来的孩子，会看见岩石上
老人们栖止，休息，河道之中栖息着太阳

我的马在树下饮水，如同一群安详的星辰
纯洁，沉静，汗毛暮色里泛起光芒
它们也像是好几个秋天，已经熟透了
高天之上，喷气式飞机划一道长弧

水中的鱼群和生动的云影也浮在心头
我已经漫游了很久，经历锋利腥咸的黄昏
当白骨升起，远远望去也像是村庄
也像江面上徐行的大船，运载着幽灵

但我的附近现在又有了新的篝火。我的骑手
我的马群，他们在树下被回忆和新希望带入睡眠

海

如果你因此抬头看海，你会看见
足趾淡蓝的鲣鸟，红色喉囊的鲣鸟
有平直的喙和云雨巢穴的鲣鸟

在为之解冻的晴天之下
你会发现火鱼的旗帜，珊瑚的魂魄
盛开如百合。我的马群和我的进程
被一道道波浪的堤坝阻拦

如果你因此抬头看海，你会看见
海面映现骑手的眼睛，深沉的落日
注视怒放的信天翁睡莲。礁岩的犄角
弯入眼窝，夜晚就到来
群星跟涌浪就相率而舞，潜鸟就飞回
扇叶葵迷宫。我的马群和我的进程
被一道道波浪的堤坝阻拦

如果你因此抬头看海，你会看见
海如同你所踩响的卵石，圆润
坚硬，宽阔的军舰鸟，暗藏利刃的风
荒凉时日和每一片涛声敲打的月光
你会发现青铜海葵，海峡的深度
是我的道路。我的马群和我的进程
被一道道波浪的堤坝阻拦

骑手最后讲述的故事

最后，骑手要讲述他自己的故事
从兀鹰通道离去的故事

以深秋的虫鸣和天光为向导
他沿着泛黑的山涧离去
岚气在上，笼罩他和他那匹栗马
敞开的前胸有清晰的马蹄印
仿佛初月又一次上升，成为张开
叫喊的口型。白昼的太阳
应声没入了蛮荒的夜

他倒下，丰年虫和鱼蚤的星光
遮覆在上面。他的颈项和躯体
流血，几只木头脑袋的蝴蝶
在他的膝头拍打着翅膀

以坚硬的冷空气以马鬃为旗
他的亡灵会翻越山梁，会乘上
形如花瓣的象牙贝之船
渡过回眺和遗忘的河流

我为他端来了洗身的木盆
我为他擦拭，在浸满的药液里
我触及他，他的语言
他的冰块般融化的故事

沙漠或夜曲之四

这是我终于到达的夜色

我奔跑如我的马
我的马噩梦般散失进黑暗

这是我终于进入的夜色

醒来我独坐在桔子树下
马头折回，为风和星座指出方向
我不会听到寂静以外的其他声音
钢针落地，松针聚起绿宝石之光

这是我终于想象的夜色

我的手上琴弦散开
我的呼吸满含着沙尘
有一片虚幻的海景再现
火山的锥形从海中央隆起

这是我终于触及的夜色

世界正欲隐没
我的悲歌还没有消失

始祖鸟的天廷

恐龙的蛋卵

这是我终于返回的夜色

1985

即景与杂说

由两部份组成的情景话语

三首四行诗

风。
这座城市并不是我所看到的。
尘土。星宿。
午餐之后我走过出卖柠檬的棚屋，有谁在檐板上垂
　　落太阳。

*

这是我准备进入的下一季。我坐在橘红的大客车前座。
我的心中，是斜倚于城市另一端高墙的少年习诗者，
　　九年前他被注入了孤寂。
墓地。我终于要在这地方下车。
他是否会想到此时我所有的仍是孤寂？

*

迎面是为我挖开的伤口。这表明真实。
昨天的雨能造就比那时更多的水洼和天空。

我手中的簿册，里面有最为单薄的语言，歌唱一只
　　鸟，或纸折的大陆架。
我因此感受了夜的赤裸。

一首三章诗

一座新城在岩石斜坡上。一个夜晚
穿长袍的光脑袋之鹰要挥动趾爪
要俯首于星光的翼翅，要低眉细察
瘦小的街上有同样瘦小的女孩子走过

*

然后在每个不同的秋季，她长得越来越
像一条人鱼，沿石头上溯城市的尽头
和下一个夜晚的黑暗之心
玉簪花之月
手中拿着她景泰蓝的梳子

*

此刻，渡海的铁船在更远的港湾
我多年以前到过的街巷
又进入秋季。岩石塔尖之上的鹰
披发赤裸于寂寞和平静的年轻女性
这些都只是灯下微尘，一把弄丢了钥匙的锁

或早已过时的流行小说
当我说出它们的时候，又有一句诗开始陈旧

即景与杂说

突然间，一切都活着，并且发出自己的声音
一只灰趾鸟飞掠于积雨的云层之上

八月的弄箫者待在屋里
被阴天围困
他生锈的自行车像树下的怪兽

*

正当中午，我走进六十年前建成的火车站
看见一个戴草帽的人，手拿小锤
叮叮当当
他敲打的声音
会传向几千里外的另一个车站
细沙在更高的月亮下变冷

*

这不是结束，也不是开始
一个新而晦涩的故事被我把握

一种节奏超越亮光追上了我

凌晨，我将安抵北方的城市
它那座死寂的大庭院里
有菩提，麋鹿
有青铜的鹤鸟和纤细的雨
赤裸的梦游者经过甬道
拔下梳子，散开黑发
她跟一颗星要同时被我的韵律浸洗

*

现在这首诗送到你手上
就像敲打借助铁轨传送给夏天
就像一只鸟穿过雨夜飞进了窗棂
现在我眼前的这片风景
也是你应该面对的风景
一条枯涸了一半的河
一座能容忍黑暗的塔
和一管寂寞于壁上的紫竹箫

那最可以沉默的却没有沉默

短章

夜晚在说话的时候到来。在几根白色廊柱之间
我们突然打住——惊奇
我们看到，夜晚像一场黑色的雪
降下，落满，不发出声响
而我们刚刚谈到的已经被埋没

*

夜晚到来，仿佛有什么飞快地上升、离去
我们在晦暗的厅堂里，抚弄几只青玉的球
被一再路过的车灯编织
我们中间的某一个
用两只铁夹子捕捉亮光

*

这个通宵，在阻隔我们的黑暗对面
有更加深沉的星辰坠落。那个眼力不济的
那个行动迟缓的，他披起毯子
到堤坝上细察
一队紫色的鱼儿跳腾，数株棕榈正在涨潮

这个通宵，我们离不开石头的
台阶、拱门和壁饰。我们在幽深的过道踱步
倾听曙色微弱的涛声，葡萄园和石榴的呢喃
夏之喘息，以及鸟儿夜半的低语
我们有足够的理由去寻找

弹唱告知

阴影说着话。一架古筝在新近搭起的凉棚背后
山。积雨云。翠绿。一只手自空中拨弄这个世界
一种声音响起，给我们悦耳的姓名。我们走动
头顶着吹奏暑热的太阳，那烧红的喇叭
而干涸洼地里草木植物已高过眉眼

*

那个我们渴望见到的自庭院出来。瘦削、赤裸、披散
宁静。在宽大斜坡的古镇之上
她踏过布满青苔的街道，身后有一大群蝴蝶跟随
我们等待收获季到来
节气又回转一次，水要变成给我们裨益的每一种食物
我们呼吸，趺坐，跪拜和亲吻
果实显现出我们从未见过的美好

*

亮光却引导我们，让我们无意间置身于废墟

巨大墓穴的门扉打开

那白石拱顶的回廊尽头，一盏鸟形宫灯进入了记忆

为瞎子点燃，去照彻少年蔓坡的葡萄藤之夏

和一棵用想象看到的菩提

并且在破损的木结构塔楼，上世纪的几本歌集被重新翻阅

一架低回的水上飞机，像出自自我惊奇的老鹰

把窗框以外的黄昏修筑

我们从乱草中抱回带图案的青瓷古瓶

*

现在，有人要向着倾斜奔跑的大海而去，触摸，或敲打

探寻它最为幽深的伤口，并且细听阴影的话语

在两条大河汇流的花园里，有人要去勾勒那文字

它们凿刻于面朝落日的闪长岩石碑

丧失了意义，有如历尽劫难的哑巴

甚或一口沉没的钟

当有人自一个暗夜穿过，攀上高岬

那就会看见，黎明的大海如新生的美人

跟随亮光和一颗星降落

然后当那片吹奏响起，那弹唱者告知

她迅速被一场南风洗净，自床上下来

用阴影把黄金的身躯裹紧。她柔韧的腰
已经适合我们的搂抱
于是那话语可以动用，阴影铺展
她丰腴的肢体被香料和细腻的油脂涂抹
在她紫色的叶片之间，一枝黑色的花朵绽开
一声鞭响又去催促另一个夜晚

*

一场雨也催促。七月相同的石头桥洞停靠着铁船
这时候汽车把前灯打开
医院病室的顶板之上排队走过了相同的阴影
死亡。梦。一双冰凉的手
把我们拉回心灵最深处
那儿一只金蟋蟀鸣叫
我们看草尖闪亮在重归的家园里
一瓶清水传递过来，有谁轻声抱怨着什么
令我们感到吃惊的，是这个七月如此准时
带着每一条发光的鱼，从另一方向吹来的风
把雨声阻止在第三片瓦上
玉色的百合突然开口
我们已经从桥上下来

*

我们也不必徒然去歌唱

这条街上阳光凶猛，而阴影

足以使我们深陷进回忆。一只鸟翻过九重大山

要栖息于石头和雪的季节

我们的世界被分割，碎而粗陋，不值得赞叹

一曲哀歌在一个流亡的中年人手上

他站到一棵山毛榉下，神情模糊，放着响屁

看什么东西自高处抖落

这样我们历经了昏暗，顺着一个愚夫的所指

又见到海，它高过我们每个梦想，在世界以外

我们则仅仅是无数感叹之中的一声

短促，但真实

*

从观象台测定的那一季出发

一颗彗星划过，撕开。泛白的岩石尖坡上

烟和细小的植物绒毛侵入渐亮的太阳圆盘

食盐，涛声的牧场，七尺深处，遮目鱼像刀子的微光

削割色泽低劣的锡，刻画青铜，打磨金刚石柔嫩的碧玉

在海风之上，一座旅馆的红色门廊

一间白纸糊壁的单人房。我们又有了另一个歌者

每夜倾听，于午餐之后起身并书写

将仅有的一杯酒带到离海更近的堤坝

叫啸，舞蹈，吟唱，吹奏

被时间和黑暗的绳索扣紧。我们发现

水族动物的鳞片之上有青色的痕迹、韵律和节奏

这珍贵的诗行几乎被一场风暴打乱

我们能找到的

是阴影和阴影

浩瀚水面从最幽深处升起了羽毛和血肉的斜坡

*

数天之后我们回还。城市在秋天的亮光中屹立

空中飞速转动的尖顶

跨度足以使整条银河通过的铁桥

女人们拿着镜子，来回奔走，寒冷的街口有鸟儿聚拢

那儿，在青铜塑像背后

堤坝上小如甲虫的汽车飞驰，红、或黄

一个阴云密布的天气，我们都听到

楼上第三层一声尖叫

乳白的插花玻璃瓶裂开，粉碎

而城市在秋天的亮光中屹立

*

我们能听它们继续说话。那些阴影投射

在旷野、海、干涸的河道、食盐的中午和每个人的腋窝之下

那些阴影投射，从而有了明净的部份

当一个夏季匆匆离去，我们看到

移居的宇航员在等待着倒数计时完毕

他高飞在我们的世界之上，能够真正把幻象认清

石头们在他的四周漂浮

缓慢地行走

我们要问，这日子曾经是什么日子？一颗卫星把日光

遮去；我们要问

这阴影是否内心的阴影？而我们正在听它说话

只有宇航员超越疑问

在浩大的光中

如一支火柴把自己点燃

1987

秋歌二十七首

之一

秋天暴雨后升起的亮星推迟黑暗！
玫瑰园内外，洗净的黄昏归妃子享用，
被一个过路的吟唱者所爱。
羊牛下来，谁还在奔走？
隐晦的钟声仅仅让守时的僧侣听取。

海波排开的狮子门行宫落下了王旗。
精细的发辫。泉眼和丁香。
火焰。喷水池。与半圆月相称的年轻女官
从中庭到后花园，微光中诵读写下的诗篇。

微光中诵读，这千年之后泛黄的赞颂
在她的唇齿间。当伟大的亮星
破空而出——啊南方，扇形展开了水域和丰收！
艳紫凉亭下忧心的皇帝愈见孤单，
命令掌灯人燃起了黑夜。

夜色被点燃，如塔上的圣诉，
聚集人民和四散的鸟群。
妃子倾听，美人鱼跃出——

啊吟唱者，吹笛者，他独自在稻米和风中出没，

仰面看清了旋转的天象。
他步入民间最黑的腹地，以另外的火炬，
照耀蓝色的马匹和梦想。
而醉于纸张的皇帝却起身，
赐福露水、女性和果实。

伟大的亮星！亿万颗钻石焕发出激情！
两种不同的嗓音正交替——羊牛下来，
谁还在奔走？诗篇在否定中坚持诗篇，
启发又慰藉南方的世代。

之二

海光自底部上射，天狼星划开了云天。
海神，梳理着——
他那以洋流为鬃毛的快马，他爱情的
快马，配合广阔的秋之大气，
在耀眼的仪式里横跨此夜。

一种新的力量铭刻。一种新的力量正
突围！——那集合起食盐的
养育生命者，催赶爱情的快马，
从咸血到人类之母。

女英雄。女武士。以大鱼为舟楫的
海上女猎手。
她们的三叉戟掷出又飞回——
激刺、屠戮、剖开和剥离，
夺取了肝胆中黑铁的雷霆。

但她们得不到最初的闪电，唯一的
钻石，带血的嗓音，
以及隐匿于海和秋天的，一粒珍珠，
一粒珍珠，九月的爱情里饱满的籽种。

一种新的力量显现。海神，
敞开着——在作为沃野的鱼形水域间，
星光如片片抖落的鳞甲，
被三只乳房的巨人们播撒。
女英雄。女武士。以大鱼为舟楫的

海上女猎手。秋天的光辉把她们映衬，
直到爱情横跨了此夜。
她们在易变的天狼星下，迎风舒展，
置身自己于海神的丰收里。

之三

跟随着暗夜，飞快上升的女性之光
以竖琴为形式，以动物园深处孔雀的激情
展开秋天。诗歌的刀锋上，
吟诵真言者掠过又止步，
一轮明月要为他照耀死亡和虚构。

一轮明月，从矿井到港口。
上涨的新城里公共游乐场翻卷起火把。
冒险的大教堂。翠绿的电报局。
玻璃防波堤阻挡旗鱼和灰色处女海。

女性的光芒，自水中上升！——
钟声按时令她们出浴并进入音乐。
虚构。死亡！孤心的坠楼者盛开和牺牲。
——那卷刃的词语无法说出，
弹拨的手指却已经触动了血腥之弦。

白昼回转一次，飞鸟把夜色镂空。
新的黑暗，在同样的星下重复着疼痛。
吟诵真言者掠过又止步，
秋之曲调超出优美达到了残忍。

生命落下，光芒正上升。
热烈的姑娘们围拢白银和

碎身的姐妹。吟诵真言者止步——
慰抚——他慰抚死亡，
完满虚构的风景和意义。

一轮明月向西倾斜。灰色处女海拍打着新城。
孔雀。对称。四季循环的物质和灵魂
随竖琴低鸣——而女性的光芒，
女性的光芒在诗歌的刀锋上盛开和牺牲。

之四

那信号手升上海的高巅，
当旗语倾洒着忧郁和喜悦，
一艘船翻越季节的丛林——
又驶过甬道，在众星的白昼，
要返回万神移居的港口。

——哦秋天，一台榨汁机伴随劳动，
工人把血液混进了酒浆。
而一个天才为他的人物
安排下诗句："去活，去睡，去死：

也许会做梦！"——太阳正落向
海上鸥鸟争先的体育场。
在船头，那出戏被一些岛屿人

排演，信号手攀向桅杆的顶端，
——当旗语倾洒着忧郁和

喜悦，复仇的王子，
看到了巨鲸喷出的火炬。
这黄昏之光持续到深夜，
新的鬼魂要登场申冤。

——哦秋天，一台榨汁机伴随劳动，
工人把血液混进了酒浆。
悲剧冲突在黎明完成，
众星的白昼，又有一艘船
要返回万神移居的港口。

那信号手升上海的高巅，
当旗语倾洒着忧郁和喜悦，一个天才
安排好结局——太阳正落向
海上鸥鸟争先的体育场。

之五

翻山见到了满月的文法家即兴歌咏：
在鹰翅下，沟渠贯穿白净平野，
冷光从牛栏上达树冠；
长河流尽，崇山带雪，

发辫环绕着明镜映现的娇好容颜。

长河流尽，崇山带雪。
秋气托举群星和宁静。
紫鹿苑深处的讲经堂上，
朱砂，环佩，明辨之灯照亮女弟子。

他翻山而至，头顶满月，
手中有大丽菊暗含夜露。
他到拱廊前即兴歌咏：生命解体；
爱正醒悟；火光之中被人认清的
难道是幸福？

紫鹿苑中的肉身之美，
任由文法家编织辞语。
诗歌的灯下那肉身之美，
远离开秋天，被音节把握。

莲花之眼。红宝石之唇。
讲经堂上，一部典籍论述万有，
另一部典籍证明了起源。
应和的女弟子舞蹈脚镯，
一轮满月贯穿裸体。

物质倾斜于白净平野。文法家翻山
把精神启示：丰乳，美臀，

三叠细浪的秋天的小腹……

茸毛之间中立无害着神的笔触。

之六

舞蹈者！哦舞蹈者——

在喜剧背景的秋天日子里，

合唱队瀑布浇淋着南方，

而那从梦想到来的机器鸟，有钻头、

加速器，有荧光之眼和铝合金翼翅的

过分的飞行物，在你们上空，

将阴影投射到足尖划过的狂欢圣地，

并且以呼啸代替和鸣，

当白昼沉埋进金属的观众席。

当黑暗接替了音乐，舞蹈者从生到死，

柔韧的腰肢被重锤定音的节奏放慢，

款送，切入玻璃和蓝色丝绸、

冷光反照的淋浴室、棕色月亮、

接近睡眠的更深的阴影，

以及，一架提琴的应许和沉默。

合唱队终于又得以收场……

配合这季节，在众花老去中低声度送了

热烈的丰收夜。

那神奇的鸟儿要重归南方，
从颓废的南方直到被舞蹈命名的南方。
那异质的鸟儿要再次来临，
在你们上空——
它的光分开了肉体和生命。

舞蹈者！哦舞蹈者——
在喜剧背景的秋天日子里，
过分的飞行物正在逼迫——疾掠的机器鸟，
它的光分开了意愿和生命！

之七

幻想的走兽孤独而美，
经历睡眠的十二重门廊。
它投射阴影于秋天的乐谱，
它蓝色的皮毛，
仿佛夜曲中钢琴的大雪。

它居于演奏者一生的大梦，
从镜子进入了循环戏剧。
白昼为马，为狮子的太阳，
雨季里喷吐玫瑰之火。

满月照耀着山鲁佐德。

大蜥蜴虚度苏丹的良夜。

演奏者走出石头宫殿——

那盛大开放的，那影子的

花焰，以嗓音的形态持续地歌唱：

恒久的沙漠；河流漂移；

剑的光芒和众妙之门；

幻想的走兽贯穿着音乐；夜莺；

迷迭香；钢琴的大雪中孤独的美。

山鲁佐德一夜夜讲述。

演奏者猩红的衣袍抖开。

一重重门扉为黎明掀动，

那幻想的走兽，那变形的大宫女，

它蓝色的皮毛下铺展开秋天。

醒来的大都晨光明目。

弯曲的烟囱；钟声和祈祷。

喧响的胡桃树高于秋天，

幻想的走兽，又被谁传诵？

之八

一颗星照耀偃踞的狮子。这港口之夜，
巨型升降机已停止运送闪电和物质。
铁被废弃，更深地下陷。
坡度平缓的浅海高原上，
舵手把罗盘更指向黑暗。

棋局在鱼背上迅速凋零。
福音书打开，黯淡地垂落。
沿岸的大光灯驱赶着雾气。
他的心滑进了倾斜的海盆。

一颗星照耀偃踞的狮子。玻璃防波堤
隐没于阴影。这港口之夜，
这生锈的机器船犹豫又急驰的沉沦之夜，
舵手把罗盘更指向季候——
他看见白昼突然显现：

白昼以奔跑的方式显现！如透澈的
海图，翅膀剪开了风的合唱队，
并且在最高处，爱所引导的唯一女性，
正放送嗓音奇异的鸟群。

一颗星照耀偃踞的狮子。
太阳的轴线纵贯于时间。

港口的钟声里棋局已腐烂，
光的青铜律，催促一艘船
朝着秋天的核心而去——

舵手把罗盘更指向天命。一盏塔楼
在海盆里旋转——被放送的
塞壬，甜美的唇舌仿佛镰刀，
收割水域间疯长的大麦。

之九

广场的秋天，一柱喷泉拥抱它自身，
核心里升起微弱的火，
——一节节变亮，如下午的诗篇——
喷泉在陈旧的书页间激射，
持续盲诗人泛黄的梦。

鸽子则伴随醒目的大字眼，在半空
列队，筛选着记忆。
旧时代的光芒会透过它们，
照耀跃出水面的雕塑，并且轻击

一枚枚浮起的银灰色钱币。
——鸽子又争食英雄的面包，
而词语的残渣，

被一群放学的男孩分享——
尖锐的嗓音与铁哨子混杂。

纪念碑刺破——比喷泉更耀眼，
盲诗人走进了亮光的合唱。
他的身影被过分拉长，
——这与他诗篇的加速度

相反。——蓄水池里，
陈旧人物一天天消瘦，再也保不住
英雄本色。男孩的脏话轻描淡写，
经过雕塑，仿佛那火焰，
映照广场的寂寞之秋。

一队鸽子降落下来，一队鸽子
成为喷泉溅开的往事。
它们是盲诗人唯一的寄托，
它们正围绕纪念碑低鸣。

之十

那么在一辆大客车前座，一个火命的自传作者
对秋野凝望——开阔的玉米地，
面色焦黄的中年村干部土冈前小便，
而一对野合的兄妹从田垄滚向那沟渠，

正当一片云遮挡了下午最毒的日头。

七叶树滤去更多亮光，
细腰姑娘努力挤压着
季节的乳房，靠近退潮的浅海草地上，
灰色小公马迷失了方向。

一个火命的自传作者如一粒麦种，
要在这秋天向世人提供多一点自我。
那么在一辆大客车前座，
他打开他珍藏的童年日记：菊花枯萎
概括了他的每一种生活。

完好的记忆里，那枯萎的菊花
变得更绝对。当大客车拐向一座城市，
菊花重又夹回了日记本——
锦缎封面上，退色的风景

满含着忧郁——满含着忧郁，
黄昏落向了后面的秋野，
自传作者穿过停车场又看见新月。
——新月仿佛另一本新书，
把他的城市朝梦想运送。

那么终于在公共墓园里，一个火命的
自传作者完成了构想。

他拍打瘦小的大理石碑牌，他满意地
轻叹——拍打瘦小的大理石碑牌。

十一

江流。……多么悠久的出海口。
鹳鸟被黎明提升。风向标嘶鸣又旋转。
度假的游泳场恢复了荒凉。
一棵从粗沙中突破的赤杨
大声在喧哗。

三角帆没入虚无的水线。
秋季工程队清理着残渣——从江流，
他们打捞起原木、呼救的
玻璃瓶、死尸、避孕套，

以及仍保有火焰的灯盏、
太阳播撒的鳞片和镜子。
他们的风镐刺入、击穿，
推土机扩大了向海的滩涂。
那十字吊架也伸展开来，

——划一条弧线，
把青铜的领袖自蓝天里
放下——令它的手，正好指点着

假想中敌国的炮口和新阴谋。

江流。……多么悠久的出海口。

鹳鸟被提升到正午——掠过树梢，

收拢翼翅，又俯身去细察，

看清自海中回溯的马哈鱼。

度夏的游泳场恢复了荒凉，

——那大声喧哗的机器和

工程队，那仿佛水母般映日的安全帽，

那鳞片和镜子，……当领袖正指点，

三角帆没入虚无的水线。

十二

农事被驱赶得更远，月亮掠过了

井栏……负载丰收又

失血的母亲依旧要播撒。

在开阔的鱼背上：旧梦梳理海波，

落日为物质而垂亡；

在倒映于天上的伤口隐痛里：

新的世代行进到秋天，

那革命的小儿子

心飞向河汉！

——一片金属击穿大气，
一片金属正奔出人间。
巨大的航天城，无限泛滥的
光芒和钻石。无限泛滥着，
中心指挥塔代替了启示。

而母亲。而旧梦。而
落日……掠过井栏的月亮又
照耀。白色的光华
是为谁倾泻？

——那革命的小儿子心飞向河汉，
那革命的小儿子
长出了翅膀！——
鱼群和烈火被驱赶得更远，
失血的伤口，暗含农事。

巨大的航天城日益繁忙，
又有谁独自在秋风中仰望？
他看见的星体有火红的大海，
有七重光带，构筑起夜景……

十三

太阳却磨砺秋天这刽子手，
风却洗净乡村的血肠。
麦芒托起了死尸一具，
——他丧失的头颅，
被几朵迟放的金玫瑰取代。

谁人响应号召，
谁的手臂高举又落下。
秋之屠刀溅开血光——
麦芒托起了死尸一具。

石灰教堂却假传福音，
钟声却聚合光头的农民。
那铁皮尖顶栖满了麻雀——
它们的小翅膀，一寸寸剪断
嘶哑的丧歌。

谁人响应号召，
谁的手臂高举又落下。
秋之屠刀又一次挥动——
这正午的田园无辜地受难。

光头的农民却满含喜悦，
风却洗净乡村的血肠。

几朵金玫瑰代替核心——
那铁皮的尖顶，
朝向被托起的死尸弯曲。

谁人响应号召，
谁的手臂高举又落下。当太阳磨砺：
葬礼的队列正欢快地经过，
没入了河流对岸的光芒。

十四

生日那天他写下诗篇——"这是我
去天国途中的第三十年"。
——他行进于大风里，
如飞翔在梦之上——
"海面湿漉的教堂是蜗牛"。

这十月的诗篇在九月变形，
在秋天以另一种声音传布：
当旅人到寺院的廊下避雨，
等待日暮时天重新放晴。

"这是我去天国途中的第三十年"——
他写下的诗篇被闪电重复。
当旅人获取了第一堆圣火，

当雨已经落尽如棋局已终结，

——"那些门扉，

在人类苏醒时——被关闭"。

火光中旅人有相同的里程，

——火光中旅人

化身为雷霆：这最迟的雷霆，

在一场秋雨后依旧要翻滚，

重复闪电重复的诗篇，仿佛那

蛋卵，去梦见鸥鸟梦想的啼鸣。

而生日的歌手燃烧歌唱，

为火焰怒放——"这是我

去天国途中的第三十年。"——

他飞翔于梦之上，如光芒在大风里——

"那些门扉在人类苏醒时——被关闭"……

"海面湿漉的教堂是蜗牛"。

十五

季节在鞍上挥鞭，秋山一夜夜更红。

那曾经有过的缓慢时日

加快了速度。

——在季节的驱策下，

事物的马蹄已踏弯灵魂！

一棵树超出高耸的瞭望塔，
去照亮退却中变暗的海域。
一只信天翁收拢翅膀，
它所追随的太阳正沉沦。

那曾经有过的缓慢时日加快了速度，
秋天的来者再不能停歇。
——在季节驱策下，秋天的来者
历尽风尘，眼下又穿越
最后一大片穷街陋巷。

他听到空中催促的声响。
他看见出血的秋山在死去。
——事物的马蹄已踏弯灵魂，
而黄昏的斜坡上站满了骨头。

季节在鞍上挥鞭，一棵树落叶纷扬。
那曾经有过的缓慢时日
加快了速度。
——在季节驱策下，
落日重新规定着方向。

秋天的来者翻越这黄昏，
秋天的来者要重新收获，

他投身于退却中变暗的海域，

如大风一阵进入万顷期待的玉米地。

十六

植物学家常青的生命注定要

在一个秋天被伐倒——

他的奋斗吸引了电视台，

他的形象使末流男演员上升为

明星，而他那呼吸了太多氧气的

肺，变得更神奇——

以他命名的又一座庭院

万花如火焰。在国立图书馆，

他献出的典籍专辟为一室。

他坐在朝南的竹窗底下，

手中握紧自己的著作……

另外的照片则表现他工作：

用一面放大镜

察看草叶最细的纹理；要么他

挥汗，为幼小的水杉输送着养料。

他穿破的裤子，向儿童放射

神圣荣耀的政治之光，

——他曾经跟领袖们一块儿植树。

他已被追认，这样科学院
大概能安心……
他已被播种进秋天的话语，
他的根会蹿入
脑筋的幽处……

并且在他遗留的暖房里，
如同低俗小说的高潮：
一个园丁奋力压向他的未亡人，
——牡丹在上面开放得正红。

十七

"醒是梦中往外跳伞"，成为水域
最后的映像。镜子聚合光亮，
幸存的七叶树临风。
滑行于秋天的王孙又看见，
山梁是怎样斜冲进绿海。

歌唱的美人鱼又起波澜，
歌唱的美人鱼要升往高处。
她黎明的嗓子隐含失败，
打开了太阳内心的黑暗。

她腋下的鳞片乘风羽化，

成为鸟的翼翅，建起又一条通途。

她炫目的音乐普照季节，

将海盆和塔楼

转化为虚无。

"醒是突降，如梦中跳伞？"

海和玻璃间生命的幻影

——被捕捉……

滑行于秋天的王孙又看见，

一支桅杆是怎样抗拒致命的歌喉。

飞翔的美人鱼打开了黑暗，

飞翔的美人鱼混同于众星。

她躲藏在翼翅和夜光深处，

她炫目的音乐要重新照亮。

镜子。七叶树。跳伞的王孙

滑过了山梁——

醒悟的风景与海无关，

刀锋锐利的歌唱仍旧削弱一个人。

十八

黄昏的国度，兀鹰自一端
朝向另一端。
鲜红的图书馆。水泥球场上
离去的人群……一面旗帜
率领着入侵的夜之大军。

激情闪烁夕阳。玫瑰
划开了钻石。
这翼翅之下广大的国度，
仅仅显现于暮钟，社火，

迟疑的节日和新的死难——
大地上一万种颜色正沦陷。
这翼翅之下广大的国度，
它黑色的胸襟
佩戴着太阳滴落的金子。

黄道十二宫互相牵引，
兀鹰自一端朝向另一端——
兀鹰的身影又掠过塔楼，又掠过
拱门，穿越沟渠和学生宿舍，

以及两座冥想的花园，并且唤起了
林下深思的乌有之王。

——夜之大军却突破了防线，

一面旗帜，斜挂着抖开

注定命运的迷乱的星空……

黄道十二宫互相牵引，

激情的玫瑰唤起了诗篇。

这翼翅之下秋天的国度，

兀鹰自一端朝向另一端。

十九

猎户聚拢光芒，栖于歌队长肩头。

当耳朵到岸上历练，那悲歌

撞破了黎明。

——招魂的火焰侧柏般蹿出，

而一把剪刀要断开它根茎。

这声音的剪刀交叉一次，

葬礼从源头奔向了深海。

这声音的剪刀又紧咬一口，

秋天宽大的胸衣被裁开。

——悲歌和水元素互相接纳，

一片绿草从船头拂过，

当耳朵到秋天的岸上历练，

葬礼的桅杆紧贴着刀刃，
歌队长刺向了

泛白的远景……
——歌队长口中，
一盏玻璃灯
缓慢地旋转。

猎户聚拢光芒，星座消退于深海，
歌队长肩头一只精卫鸟飞临又
鸣啭。——那声音的剪刀
再一次裁开——
桅杆上升起了新的白昼。

当耳朵在岸上历练，歌队长
大放悲声。在她口中，
一盏玻璃灯缓慢地旋转，
招魂的火焰侧柏般蹿出……

二十

悬铃木叶落满露台，
一枚寒星上升到塔尖。
在庭院深处，情人戴上时髦的假面，
暗中倾诉，或低声怒斥。

……天鹅在十月的桥洞里安眠。

疲倦的马车经过桥头——
运送往赴盛宴的艺妓。
这时候谁提着乐器匣子？
他迎风狂奔，是为了什么？

鸟儿也展不开翅膀的街巷，
夜色也不可能尽染的街巷，
——这时候谁提着乐器匣子？
他迎风狂奔，
是为了什么？

寒星把老城牵引向深秋，
一大群蝙蝠淹埋了塔楼。
情人步入晦暗的厅堂，
点点烛火，已漂移过来——

点点烛火移近了露台，映照盛宴和凋零的
老城。鸟儿也展不开翅膀的街巷
夜色也不可能尽染的街巷
十月的悬铃木叶已落满，
这时候又有谁摘下了假面？

这时候谁提着乐器匣子？
他迎风狂奔，是为了什么？

情人披挂最后的枯枝，

秋天的乐曲，行进到一半……

二十一

河流如巨树，众鸟混同于飞掠的鲈鱼。

——七尺身高的水草多清澈，

拂过面颊间秋天的阴影；

——七尺身高的冰冷的火焰，

被一枚肉体抒情和狂舞。

山梁的石头刀锋。月亮有蓝色的

面具。这时候一本书突然合拢。

一本圣书，在它的第七页

是什么律令衣你以金色？

是什么否定句抹杀了白昼？

这时候一个人剃度黑暗。

——这时候一个人正朝向

秋天！河流如巨树，跃出额角的

革命大蜥蜴空中多尖锐！

风声占有这河上的季节，

放哨的幼鹰更晚归巢，

苍白的七叶树一夜夜退潮，

而那些水族正把你

拍打——就像鹰翅拍打着天空，
并且划开了带血的岩石。
七尺身高的水草多清澈，
拂过面颊间秋天的阴影，
冰冷的火焰里到来的肉体，

以新的形象衣你以金色。
河流如巨树——哦河流如巨树！
这时候一本书突然合拢，跃出额角的
革命大蜥蜴……空中多尖锐！

二十二

夜营的角声吹破，降下了第一场寒霜。
寺僧在井口屏息谛听，
汲水的辘轳戛然停转。
——两轮明月间，盛满黑暗的
木桶空悬。

七宝琉璃塔却得以俯瞰，
隔墙的兵站里有人正换岗。
连长熄灯，又点燃一支烟。
打杂的下士愁接千里。

亦枯亦荣的大师在塔中。
亦枯亦荣的大师在
飞翔——一个身姿滑过夜空，
从河汉此岸
缓慢地渡送。

从河汉此岸缓慢地渡送秋天的火焰，
那空悬的木桶里
多出了一颗星——降下第一场寒霜的
夜晚，当寺僧在井口

屏息谛听，夜营的角声吹破，
下士愁接千里防波堤
又一轮月亮。
秋天的火焰如苍白的思乡病，
从星座一直到寂然的深井。

亦枯亦荣的大师在飞翔。
亦枯亦荣的大师在
消失。七宝琉璃塔却得以俯瞰，
隔墙的兵站有人正入梦。

二十三

骑手身心俱碎，太阳高照着
危机！——一个死囚命悬于城堡，
送信的快马冲上了堤坝——
在深秋里，
追击的黄金箭镞正长鸣。

那大汗淋漓的鬃毛被风……
那偏斜到一边的五官被火焰……
骑手又奔出第七重哨卡，
他的马蹄黄昏里踏空。

翻卷的赤杨拍打堤岸，众星在天廷
一千次回转。——一个死囚命悬于
城堡，新的马头又跃然纸上——
在深秋里，
太阳高照着摊开的史集。

太阳高照着摊开的史集，
危机如尘土弥漫和遮覆。
——忽必烈汗的送信的快马；
——骑手的影子超过了时间。

那大汗淋漓的鬃毛被风……
那偏斜到一边的五官被火焰……

赤杨的潮音在深秋里退色，

一面海盆

晕眩于记忆。

但太阳高照着不变的白昼，史集融入了

下一个夜。众星在天廷

一千次回转。——骑手身心俱碎，

追击的黄金箭镞正长鸣。

二十四

从那些鹞鹰的宽脊背上，一场风暴

就要被卸下。一场风暴，

就要掠过闪耀的秋天，并且削开

圣城隆重不朽的金顶——

它的铁会刺进石头瞳仁。

它的刀锋在速度中卷刃，

也仍旧要划破季节的皮肉。

它抢走杆头火焰的大旗，用声音灌满

守护神巨大干涸的水槽。

从那些鹞鹰的宽脊背上，风暴如伞兵

要落满屋宇。

圣城的街巷已经被胀破，

长窗玻璃在呼啸里裂碎，一座座
花园，朝向冬天荒芜和颓废。

这风暴的冲锋队摧毁得更多，
权力的肝胆因它而
病变。市政厅里，
元老们追逐飞舞的纸张，

再也顾不上屏风背后裸体的女护卫，
以及世道，以及大势，
以及电视台高塔播撒的形象和
紧急动员。
当一盏灰色的明灯照耀，

这风暴的趾爪又一次撕扯，
——镜子、面纱、容颜和头盖骨。这风暴的
翅膀，从那些鹞鹰的宽脊背展开，
驱策圣城，又把它笼罩。

二十五

当歌剧院最后的一盏灯泯灭，
女高音的尖嗓子
会刺瞎双眼；当悲愤的王者
从山上下来，并且一只鹰

再次穿透他剧痛的瞳仁——

这个秋天已临近终结，
金星要剖开短暂的一生。
就像蝮蛇吞咽下菊花，
命运的冬天摧毁了决心！

合唱队蔓延，在瘟疫之邦，
带着同样黑铁的坏消息。
高大建筑的上层包厢里，是怎样的
倾听者，埋首于裙裾的锦绣深处，
不相信死亡有真理做剑鞘。

那双重身份的女高音扼腕。
那双重身份的女高音咒骂。
那泛白的欲望休止于崩溃，
金星刺入了沉沦的肉体。

"噢我母亲！"当悲愤的王者
从山上下来："噢我后妃！"——
他罪孽中必然的鹰又要展开，
伴随黑暗里又一场变奏，
掠过歌剧院黄金的斜坡。

而金星更加锋利地划破，
合唱队蔓延在瘟疫之邦。

这个秋天已临近终结！惩罚的乐音里，
无限狂喜的头颅正朝向盲目的幸福。

二十六

女看门人梦见了乌鸦，一场雨洒向
瘦小的井口。动荡的事物在它们之上：
在更高处——在更高处，
较为吉祥的飞鸟苦渡，
较为开阔的雷霆，

打开了混同于夜色的喇叭。
——小学校里秋千正寂寞，如手风琴，
松弛在季节失恋的怀抱。
女看门人的梦还要继续：

她梦见乌鸦——
她梦见乌鸦，她梦见
乌鸦背脊上一勾下弦月
又照临青瓦，孩子们正涌向
倾斜的球架。

大红灯笼在风中挣扎，一场雨洒向
瘦小的井口。
而石头人物却听从了雷霆，

那梦不见的人物，

那坚持到最后一夜的人物，
从他们手上，注定的大雪被塑造和
击落，从他们孤立的时间阴影里，
小学校的指针
被暗自固定。

女看门人披衣下床，一场雨带走了
所有的秋天。她听见几种鸟儿的
低啼，——偏西的下弦月，
照临她摸出钥匙的左手。

二十七

蓝天深处有一驾马车……它对应于
海盆里透明开合的水母，
升向太阳国度的玻璃塔。
丰收的南方，无限漫游的众鸟的使者——
那嗓音嘶哑的歌手在死去，

——他仰面等待着形象跃出！蓝天深处，
大裸体展开了全体星座。
这十二月的白昼。这十二月的
上午，一驾马车疾疾驰行，

黑脸的挥鞭人越过了界限。
黑脸的挥鞭人自秋徂冬，鼓荡的大红袍
正抖落阳光，而歌手已汇入
向西的洋流——他奔赴死亡，
等待着形象从词语里跃出！

他等待形象从诗篇里跃出，
一座花园随海盆旋转。
军舰鸟飞掠最高的银杏——涨潮的植物，
此时在一场大雪中闪耀。

蓝天深处马车正翻覆，朵朵火焰
愈照彻虚空。这十二月的白昼，
这十二月的上午，
大裸体展开全体星座，
上升的玻璃塔收回了季节。

那无限漫游的众鸟的使者，
嗓音嘶哑的歌手在死去。一组形象
破空而出——在蓝天深处，
黑脸的挥鞭人狂吐着碧血。

1991

解禁书

映照

……自一万重乌云最高处疾落——

　　　　对面，新上海，
超音速升降器是否载下来一场
　　　　新雪？一种新磨难？
一个电影里咬断牙签的新恐怖英雄？
　　　　新国家主义者？
新卡通迷？或命运，那玄奥莫测的
　　　　一道新旨意？它轻捷地

碰撞大地之际，这儿，旧世界，
　　　　未必不察觉——
大地给了我又一次微颤，有如
　　　　波涛，像梦正打算
接近破晓。西岸的大理石堤坝坚实，
　　　　它防护的老城区，
却仍然免不了醒之震惊。……回楼

　　　　被拍打……
回楼跟未来隔江相望。——当那边一朵

莫须有飞降，此地，

曙光里，风韵被稀释的电梯女司机

　　　努力向上，送我去

摘星辰。——攀过了七重天，在楼顶平台那

　　　冷却塔乐园里，我知道

我处身于现代化镜像的腰部。玻璃幕大厦

　　　摩登摩天，从十个

方向围拢、摄取我。(……回楼

　　　被俯瞰……)

——十面反光里，以近乎习惯的

　　　放风姿态，我重新

环绕着巨大的沥青回形，踱步——

　　　啊奔跑，想尽快抵达

写作的乌托邦，一个清晨高寒的禁地，

　　　炼狱山巅峰敞亮的

工具间。在那里我有过一张黑桌子，

　　　有一本词典，一副

望远镜。而当我在它们面前坐定，

　　　一个洞呼啸，

在回楼幽深处，对应记忆的幻象之也许……

回楼

　　它对天呈一个简化的"回"字，落成在城市的三角洲上。由六根圆柱撑起的门楣斜对着苏州河。门楣沉重的石头花饰是模棱两可的，看上去像一对倦怠的美人，或整齐地卷刃的双重波浪。下面，大铜门朝向河上的机器船敞开，稳坐在船头的尤利西斯会发现，这外表阴沉的建筑内部却阳光猛烈。透过深奥的拱形门厅，他看见一根孤高的圣像柱，在大理石天井正中央闪耀。关于其外表还可以提及：那尽是些粗砺壮大的石块，从地面直砌到七层楼顶。它向外的窗口窄小，并且安上了黑色的铁栏。这令它仿佛一座监狱，一个喘不过气来的肥胖症兼硬皮症患者。但其实不然。在另一表面，那个"回"字向内的四个面，明净的大玻璃从底层到七层，映出上头的一方晴空和中午居于正位的太阳。"回"字围拢的天井开阔，甚至不该被叫作天井，凭着那根挺拔的圣像柱，它曾被戏称为内阴茎广场。回楼的性别因此是模糊的。站在内阴茎圣像柱广场，从与门厅相对的尽头一扇椭圆形钢窗望出去，可以看到这幢大楼背靠的黄浦江。繁忙的江景。江边新近圈起的小乐园。一块并非谣传的牌子上分条刻写着"华人"以及"狗""不得入内"。从一层到七层，有如一节节缠绕的车厢，靠"回"字外侧，一间间晦暗的办公室门门相连。而只要推开每间屋子的另一扇门，则可以来到"回"字内侧，得以畅饮天光的环形走廊。有时候，站在六楼的走廊西首，一个戴单片眼镜的德国人注意到，在四层楼南边的走廊一角，黑皮肤的印度小职员竟在跟英国会计师，那瘦骨嶙峋的老姑娘调情。

它属于抢先屹立在城市滩头的洋行之一。内阴茎广场的大理石覆盖着地下金库，那里面贮满了金条、银元、鹰洋和鸦片。它的门前停靠着官船，停靠着四轮马车和老式汽车；它的门厅、楼梯、走廊和屋子里总是弥散着花露水、雪茄烟、香汗、铜板、狐臭、皮革、洋葱和油墨的混合异味；一些裹着呢子大氅的、顶着瓜皮小帽的、拄着司狄克的、套着绸马褂的、穿着三截头皮鞋的、夹着鳄鱼皮公事包的、留着络腮胡子的、梳着三七开分头的、驼着背的、挺着腰的、挎着尖乳房情人的和有一份战报需要递送的出入其间。在一张张写字桌上、台灯光圈里、抽屉深处、保险箱内、铜镇纸下、电话机旁和秘书的腋间，是那些银行本票、分类账目、手抄原件、未装订副本、市价和市场统计、私人信件、公司来函、现金和日记。这样的声音是常常能听到的：一二声干咳，一二种干笑，小心轻放的脚步，压低的哑嗓子话语，算盘珠的轻击，以及突然的暴跳如雷，一只左手反抽买办腮帮的脆响。

接着，或许同时，苏州河、黄浦江日益发臭、变黑和高涨，岸边的马路落到了这两股浊流的水平线下。探出堤坝的，是赤杨树梢、孤黄的路灯和有轨电车翘起的辫子。像是要告别传奇时代，一个偏

离开父辈航线、扇动由鸟羽、麻线和蜜蜡做成的弧
形翅膀的小儿子飞临了。他围绕回楼盘旋三周，然
后沿江掠出吴淞口，隐没进太平洋……

自画像

反潮流变形：伊卡洛斯失败的幽魂化作
精卫鸟，……到梦中衔细木……
朦昧于其间的上海蔓延——朝无限扩展，
缩小了书写不能够触及的世界之当下。
正好是当下，新旋风缠绕旧回楼摇摆，
打开被统治沉沦的洞穴。它呼啸过后那闪耀的
寂静，是一个陷阱，是一个风暴眼——

是乌有之钟一次暂停的叫醒服务。

而你在另一幢回楼被叫醒。——高音喇叭
为每一种禁锢减去又一天，令倚任梦游活着的
我，依旧只是你身体的囚徒。盘旋的走廊里，
指针般准确的绿衣看管是黎明法纪，是把你
从黑暗拽往黑暗之炫惑的一朵铁漩涡。
……你冲向监室尽头的水槽，……你俯身于
漂白的凛冽之河，……你看见你——

喧嚣之冷已经冻结的不存在面影，和面影

深处，一盏惩罚的长明灯孤悬。
——比流转中它们那抽象的具体更加
虚幻，一扇高窗跟落水口重合，让你猜不透
高窗外当下世界的结构，是不是回楼
叠加着回楼，就像我处身其中的看守所，就像
时光，像你枯坐在铁栏和铁栏间，
用一个上午细细布局的象棋连环套——

两种空无，是可能的对弈者。

那欲望空无要让你长出注目之臂、凝望之
手，直到把一抹淡出的月亮，从高窗外揽进
被命名为我的欲望怀抱；那命运空无则有一盒
磁带、有一个放音器，会让你听到
早已经录制完毕的我，并且无法再抹去
重来过。——可是，当一缕阳光射穿了
回楼连环套回楼，从水槽里反照——

那一掠而过的幽明遐想仿佛正跳伞，

要把我从一个悬浮的你，落实为一个真切的
你。——"大地给了我
                  又一次微颤"
回形结构那牢狱的洞穴里，一朵铁漩涡
收敛起咆哮……看管，他黎明法纪的肩章上面

多出了一颗星：他带着你越过放风平台，
他为你亲启七把禁锁，他迫你就范，像邪恶——

以子虚之名签署一桩桩杜撰的罪过。

高音喇叭被新旋风没收。一个莫须有之我
出窍，得以呕吐般克服稍稍解放的恶心，
去成为一个别样的你。——然而，
实际上，伊卡洛斯只能变精卫鸟：你走进
旧回楼，你登上旧电梯缓慢地升空……
你将被电梯女司机怜爱，衔微木填满她
稀释于上海的风韵中一个洞之愁怨——

在死亡里经历规定的假复活，那白日

凌虚，那十面镜像围困的高蹈！
她把你送上寂静的时候，你知道你要的
并非乐园。——你，更愿意枯坐于
我之隐形，倾向那黑桌子……。在纸上，
说不定也在电梯女司机腰肢款曲的丑陋之上，
你会以书写再描画一遍，你甚至会勾勒
——寻求惩罚的替罪长明灯带来的晦暗。

正午

光芒会增添圣像柱阴茎的
垂直程度。越洋电话里，
旧主人谈起了回楼往事。
老虎窗下的收音机播送，
一场足球赛进行着附加赛。

我几乎从我的镜像里脱开身。
在她的双乳间，我有过一个
附加动作。我有过一种被
限定的自由：让每一行新诗
都去押正午的白热化韵脚。

顶楼平台上冷却塔轰鸣。
太阳从江对岸攀登上高位。
我听到的裁判也许公平：
不在乎红牌罚下的球员，
对规则弹出中指说"我操！"

她也在工具间附和着"我操！"
当我的中指，滑过了那道
剖腹产疤痕，她恣意扭动，
像蜕去外壳的当下世界，
呈现给——未必保持安静和

孤独的禁中写作者。越洋电话里，
一片热带雨林正哗然，一位
过来人，正在叮嘱着"凡事
靠自己"。依稀有一声
终场哨响，收音机哑然……

那瞄准赛事的望远镜转向，
瞄准了新命运：一次对太阳的
超音速反动，一次飞降……
被放大的希望，在江对岸那么
清晰可触，——如果我动用的

语言是诗，是裸露的器官，没戴
保险套，是这个正午，是正午的
烈日，把回楼熔炼成我之期许，
像观察和沉思，——有关于罪愆、
信仰、玄奥莫测的正道和飞翔——

散布在一本合拢的词典里。

起飞作为仪式

　　从叠加的回楼到市郊飞机场，其间路程有三十
多公里。为了确保不会迟到，能搭上你要的那次航
班，能乘上那架超音速飞机，你做得稍微过头了一

些。你提早三小时就出发了，或者说，你要让你的出发动作持续三小时。你的行李还算简单，一只可以从一头拉出手柄的、带两个小小的胶木轮子的半弧形提箱，它面料的那种崭新的暗蓝，比你那件上衣的暗蓝略浅一点。颜色的深和浅，这种说法是不是隐喻？也许应该归之为借喻。你一边等着开往机场的空调大巴，一边在想着做因徒那阵读过的小册子。如果不用那样的说法，深或浅，怎么去区别和比较像提箱和上衣这两种相近的不同颜色呢？因为知道时间是宽裕的，你允许自己不去为车还没到来显得焦虑。宽裕用于时间，其意义又何在呢？而意义不过是时间的无聊。你隐约有了这么个想法，你已经坐在了空调大巴上。大巴开得又快又稳，你的注意力朝向车窗外，意识到你正穿越城市，你正在你的解禁仪式里。而你所经过的邮局、学校、眼镜店、影剧院、酒楼和动物园，都曾经是你欲望的目的地。当你的欲望更遥远和广大，你过去的终点就包含在你的出发之中了。大巴驰进了一片住宅区，迅速地，你把沿街的每一幢小别墅都粗粗打量了，你脑毯上的刺绣图案，却是一座连一座蔓延的垃圾山。那景象一定是多年以前的，你将要开始的飞行，则也许是一个更早的安排。你的视野里出现了一个高尔夫球场，一个气象站，一辆运砖的手扶拖拉机。奇怪，你想起了父亲代达罗斯。一架飞机出现在天际，你确证自己把你的出发太过提早了。大巴绕着机场小广场一点点减速，停靠在两幢回楼阴暗的夹弄里。你抓起半弧形提箱下车的当口，并没有看到你旅行的伙伴。她本应该站在桔黄站牌下，身边有一只颜色比你的暗蓝色上衣略浅的手提箱。从半个弧形里，她会取出飞机票交到你手上。你们要穿过广场上的秋之晚照，朝出发大厅的门廊走过去。你们从不锈钢门廊进入。你没有替她拎着半弧形的暗蓝色提箱。你走在右边。你略深一些的暗蓝色上衣的斜插袋里，一张机票被左手捏着。透过大厅的巨型玻璃罩，你看到夜色不仅已升起，而且已经在穹窿上方数千公尺的高空合拢了。夜色升起，而不是人们通常所说的降落下来，这竟然是诗人最近的大发现。可是，你踏上自动扶梯时想到，那更早的诗人故意说夜色降落或夜色降临，不一样是用以表达他所发现的世界之诗意吗？你的旅伴也踏上了铝合金自动扶梯，此时她可能也仰面看天色，注意到一架因玻璃罩折光而更显巨大的飞机掠过。然而，出发大厅却有如传奇的海底水晶宫，在那样的呼啸下纹丝不动。因为它那神秘的稳定性，因为它那神秘的稳定性内部急切的运转，你们从自动扶梯迈向第二层次的红色镜面砖，看见每一个办理登机牌手续的柜台前，都已经有人排起了长队。你感到一丝等候的乏味。你的旅伴则比你兴致高，左顾右盼四下的装饰、灯光投影和人群中也许的新卡通迷、新恐怖英雄或新国家主义者。应该说你才是她的旅伴。过安检时，你的金属名片匣带来过小麻烦；坐进等着被招唤的塑料候机靠背椅之前，她朝她家里拨了个电话。几块大屏幕翻动着各次航班的启程和抵达，特别是扩音器里那报道的嗓子传染给空气的一派湖绿，令你稍稍有了点兴奋，令你对照着回想，看守所里每个黎明的高音喇叭。有一种透过玻璃罩的秋夜之忧愁要把你打动，那报道声激发的莫须有波澜，则似乎摇撼你，给了你所谓身体的昂扬。那么，你站起来，你上前一步，你拥抱她。这使得你和她都有点吃惊。当你打开了笔记本，在经济舱一个靠窗的座位里，你正要记下你和她这次夜航的出发时，你不知道应该怎样去叙述。也许得用一个疑问的笔调，但说不定反讽是更好的写法。你听说反讽是这几年写作的进步，它是否因为对命运的冷感？她坐在你边上，把身体俯向你。她的胸压在你摊开在膝头的笔记本上面，她的脸贴在了舷窗玻璃上。她看到的夜景也是你看到的，玻璃罩大厅离飞机略远，不过仍然是巨大的玲珑，它上面的星空被你用景泰蓝金钱豹在二十年前就形容过了，此刻却可以再次被形容。你把手伸进她泛着荧光的真丝衬衣，抚摸她润滑如夜空的背部。飞机已经缓缓启动了。飞机在加速，你平静下来。你的耳膜后面有一点疼痛变得幽深。你的心中之我向前一跃，期待着跌落。你和她在一个夜晚起飞了。

1996 — 1999

辑三　长诗

夏之书

呜呼曷归　予怀之悲
　　　　——五子之歌

1

说话以前　是五月里南风吹送的日子
石头阶梯向海铺展　守卫梦境的乌有之王把斧钺释放
说话以前　小小的冬季已没入树冠
而回转的道路在暮春里延伸

永恒的晴天　玻璃塔尖之上的
太阳　在说话以前
五月的明净里我听从了百日青振翅的喧响
我追随浓荫下柠檬的芳香　并走得更远
自林间空地的清凉里穿过

一座塔楼等待着我　又催我离去
浑圆之中翠绿的一季
比所有的亲吻都要甜蜜
一个衣袍宽大的人　打开了紫云英院落的人
他等待我　又催我离去
他的姿态　比所有的山岭更加深沉

一座塔楼　它清澈如我横跨的季节

它悠远　如最初的笛音
如生殖之鸟最高的飞翔
我听从了静默者晦黯的指点　并放牧时间
岩石的记忆里有最深的梦幻

　　2

黄道十二宫传递着消息
传递着消息　在石头筑成的高台之上
乌有之王卫护的手　探寻的手　从一个白昼
向另一个白昼
黄道十二宫传递着消息

黄道十二宫传递着消息
传递着消息　斧钺的反光把语言映照
我开口的时候有水滴凝结　像一种落花
像射日的弯弓收缩进冬天
黄道十二宫传递着消息

黄道十二宫传递着消息
传递着消息　粉白的四壁间有我的记忆
我是在舒展的翼翅下说话　在冷风吹打的回廊里趺坐
我叙述的是我那唯一的旅行
黄道十二宫传递着消息

黄道十二宫传递着消息

传递着消息　更高的星宿是更黑的阴影
在这座五月的城市里　乌有之王已敞开了梦境
他倾听又倾听
黄道十二宫传递着消息

3

我生于荒凉的一九六一　我见过街巷在秋光里卷刃
有多少次　我把手伸给黑暗之树
死亡之树　和太阳在葱郁中完整的另一面

我生于荒凉的一九六一　我潜行于秋天古老的檐下
看风景黯淡
如记忆衰退的悲恸年华
我触摸过最为寒冷的星宿
那一颗翻车鱼封冻的
太阳　看蝙蝠飞翔如疼痛的信号

我偶然弹拨毛发和琴弦　在深冬仅有的春天里对雪
我接受指引　枕放头颅于语言的河上
雾霭的窗前
鲜花里绿松石蕊芯的肩头
我生于荒凉的一九六一　我衣袋里兜满了
细沙和火焰

我生于荒凉的一九六一　在酸涩的叫喊间

学会了记忆

我见过苍茫里黑暗的神　仇恨的神

阴毛卷曲的失望的神

我生于荒凉的一九六一　从一种饥饿到另一种饥饿

4

暴风就站在海的背后　吹动

遮目鱼之叶萎缩和凋落　暴风就站在海的

背后　抽打　翻卷　厄运和食盐跌落到岸上

而寒冷在废弃的钟楼前停留

我被它拧紧　有如上足了发条的鸟

仿佛黑铁粗糙的边缘

在走廊上　在深巷里　在一场雨洒向空地之时

我被它磨砺　挤压

在大海那四溢的树冠之下　我不曾躲避过

最初的黑暗

洋流的枝条柔韧而光滑　弯曲　伸展

抵挡暴风和更深的死亡

我所栖居的这座城市　它也有同样柔韧的街巷

伸展　弯曲　如明亮而错落的石头之网

将一片狂乱的记忆捕获

我不曾躲避过最初的黑暗　风暴就站在

僵硬的岸上　我有如一把断裂的提琴

或许是终将嘶鸣的苍鹭

在我最初的记忆深处　有一辆街车

一辆街车　摇晃进城市的昏黄之中

5

而现在　当我把门户背对着黑暗

当我独处于城市的高巅低眉默想

我开放的屋子在迎候

我挣脱幽暗的七叶树之梦被扬得更高

那个午夜的怨歌手　那个盛夏的大祭司

鱼类和藻类的播种人　河流与记忆的疏浚者

他将重现于曙色以东

如闪耀的星辰　并被我吟唱

而现在　塔楼的布道者放送雨燕　仿佛海峡间

信风在呢喃

白银的部落历尽了悠久　神祇们邈然

在最后的月光下

向我而来

而现在　我背对着蝙蝠劫掠的黑暗　出门去探索

最深的梦幻　远离亚麻布涨落的集市

超越鱼子兰张驰的睡眠

我脚下的阶梯如石头书本　是面向射日者打开的

历史　寂静的尖顶上显露的光

而现在　我跨过了夏至的闪长岩堤坝　披挹

披挹钟声里解冻的话语

6

每天披挹纯洁的水　每天我看见

黎明像一只巨大的蚌　张开它肉身的娇嫩与绯红

每一个白昼　每一个形同海流的时刻

我都走出倾斜的居所　披挹纯洁而浩大的

水

季风　大气　和一群被我放牧的星辰

蔚蓝之中　太阳如新鲜的血肉一点

走进了夏季的黄金殿堂

蔚蓝之中　僵硬的山脊停留着积雪

仿佛冷光从刀口上闪过

仿佛冷光从刀口上闪过　鱼在寂静里变化成鸟

在食盐的掌心　在细沙的眼里

在独角兽吟咏灯盏的夜晚

我听见鱼群叫喊的声音

并且披挹它们的鳍　披挹飞鸟

最初的翎毛

同时披挹食盐的大雪　每一个黄昏

我看见始祖鸟飞临海口　　忧郁而浩大
有如翼翅遮挡的时间　　和一群被我放牧的
星辰　　水一样流淌的蓝色记忆

7

夜色是另一群柔韧的星辰　　在玉之昆仑
夜色里浮动着巨犀的梦　　以及枝桠间恐龙的低语
在玉之昆仑　　海的声音依然明亮　　海的气息
被几条鳕鱼带进了岩石

夜色里我放牧另一群星辰　　在玉之昆仑
另外的记忆正向我聚拢
月亮的海胆　　绿三趾马
断裂的芦木就像是箭簇　　在玉之昆仑
海岬的阴影被晒干了很久
一些变成冰块的蛋卵　　和几只无人知晓的鸟

另外的记忆正向我聚拢　　在玉之昆仑
在翼龙和它的低飞之下
另外的记忆也变幻着光　　一盏偶然点亮的灯
从夜色到夜色地传递给我

从夜色到夜色　　玉之昆仑有如斧钺
切割开蓝色初夏的愿望
从手到手　　在玉之昆仑

在它山口刮起的那片粗野的风中

灯盏像一粒滚烫的种子　被我埋进了时间的

子宫

8

然后我上溯到河流尽头　水的尽头

也是记忆和语言的尽头

然后我翻越　在积雪深厚的年代里穿行

找到了智慧最初的形象

我找到智慧最初的形象　色彩斑斓的形象

因岩石而坚硬　因兽骨而强劲

或由于金属而锋利的形象　我找到了弯弓大张的形象

始祖鸟凋落　火红的陶罐排列在山前

火红的陶罐也排列在滩头　在人首蛇身的滩头

在河鲈的滩头　食蚁兽的滩头

我找到了黑色震颤的形色　握紧渔叉的形象

升起炊烟的形象　和他们采撷大黄的形象

他们从树和巢穴里出来　经过那一群

蓝色的星辰　被我放牧的悠远的时间

他们圆睁开大海的双眼　被雨和太阳阻碍的双眼

他们也看见了神奇的形象

他们也看见了神奇的形象　使放牧者赞叹

使水和飞鸟吃惊的形象　他们伸展黄金的手

传达出智慧唯一的话语　在积雪的尽头

我找到了他们月下的营地　并且听他们吟咏了诗篇

9

始祖鸟凋落　闪长岩生长

更多的岩石　曙色中的花岗岩和瘦削有如雨燕的石头

它们也躲避恐龙的暗夜　生长

被人塑造成雷兽和山羊　直尺和弯刀　接骨木之梦和

跳跃的雄鹿　也被人塑造成珍贵的火

敲打　去点亮每一盏智慧的灯

在星辰的幽蓝和润滑之下

岩石的箭簇把黑夜穿透　岩石的利刃

把刺鱼切割成灿烂的扇贝

而真正的贝壳更受人珍视　单纯而优美

有如播撒进深海的岛屿　也有如翼龙和剑龙的鳞片

它能够换回斧钺或彩陶　苍鹭或鹰

以及水一样清凉的海蜇

它能够使你再一次认清　岩石在生长

疏远的生命汇合成山　一簇火把则替代了海

在宽大的月下　在初夏的风前

在大地的一点翠绿之中

我看见金属也跟随着生长　岩石开裂

铁闪出猩红　柔软的黄铜仿佛香油
从粗大的臂肘间流进了巨罐

10

青铜却坚硬　有如兀鹰和鹑鸟的趾爪
有如被人们铸成的文字
钟发出声响　音乐使世界显现出
辉煌　那些锁骨铿锵的酋长　那些额头闪亮的酋长
那些狩猎者　耳上有金属　手中有快刀
他们使世界显现出辉煌　显现出深沉和老虎的威严

他们使世界变得生动　黄金的庙宇　大菩提树
庄重的浮雕和女人们装饰在胸前的初月
他们使世界变得生动　如同百鸟在黎明聚集
朴素的诗篇铭刻上门楣
在青铜的午后　在被我放牧的星辰之下
巨大的堤坝阻挡了海　巨大的堤坝上
黝黑的处女们变得丰腴　歌唱着去迎候粗暴的北风

同时也迎候白色的黎明　处女们在岸上低声歌唱
弹奏光滑的玻璃足踝
她们像被我放牧的星辰　腰肢柔韧
小腹温馨　甜蜜之中将凤蝶吸引
她们如纯洁而浩大的水　浑圆的双乳使百鸟
聚集　金属的黎明　新鲜的嗓音

每天我披挹　太阳如赤裸的血肉一点

11

太阳如赤裸的血肉一点　它黄金的鬃毛　它
玻璃的呼吸　如血肉一点和时间的震颤
太阳的叶脉里奔走着阴影　粗糙的城门　石头寝宫
它清凉的鳞光在水面上徐行　而圆柱之间
而暗夜沉重的蜂房以外
太阳如一只翠绿的鹦鹉　照耀每一种学舌的
语言

照耀每一种模拟的语言　无谓的语言
或锋利寒冷的双面斧语言　我看到太阳伸展进庭院
如蔚蓝之中的红鳍笛鲷　黄金的鬃毛和玻璃肌肤
它越过门楣　深入甬道　直达食蚁兽孤独的厨房
和五月的南风里僵卧的床

在岩石和水的宁静之上　五月的南风里僵卧着废墟
有如稻叶蝉嘶鸣的伤痕　盛夏里不愿消融的雪
等到我攀上临海的山梁　超越放牧的
记忆之星　我又看到了重归的他们　翻动着左手
高声说话　自夏季葱郁的波浪而来
他们将斜穿淡青的山梁　喧响的大剧场
有如落日中显现的面容　他们去抚摸石头凹槽
并走得更远　到葡萄园沉重的浓荫下停留

12

白色的太阳在盛夏里叫喊　我要唱的是
太阳的颂歌　我要唱的是太阳的颂歌金乌鸦展开了
羽毛的大海　但是夜色已降落到额头
寂寞遥相呼应　年少的信风正掀翻白银部落的骄傲

我经过他们　记忆的放牧者
从玉之昆仑直下到谷底　我经过他们
把蓝色的星辰深藏进巢穴　而目光的门径被大石头阻隔

我要唱的是太阳的颂歌　我经过他们
城市的不锈钢乔木　窗棂的绿松石框架
和绵延时间的黑色沙岸　是生命之水
我把握于手中　与他们不同　我听到涛声喑哑地
倾诉　当夜色降落到废墟之间
我经过他们　我要唱的是太阳的颂歌
正当鹰隼从积雪里飞出　海洋的族类汇聚在滩头
一群冰鹿被沙石埋没

我要唱的是太阳浇淋着盛夏之城　皂荚和罗望子
泽兰和金沸草　我经过他们时夜色已
降临　在低矮的天空下
我要唱的是太阳的颂歌
但夜色已压弯了寂寞的枝条

乌有之王走下了阶梯　黄昏向海的石头阶梯
在他背后　在守护梦境的斧钺之上
半边莲之日如招展的旗
如云雾的笛音布置下飞鸟和牝马的阴影
我通过枯竭的河床进入

在大麦成熟的高坡一侧　太阳也布置下破斧之歌
那东方的大火星
太阳也布置下细微的海葵　倾斜的海胆
牛首人腰的夏之劲旅
和青铜庙宇间豪迈的梧桐

一口深井在炽热地呼啸

一轮骄阳在炽热地呼啸　我通过枯竭的河床进入
我通过夏至的伽蓝鸟之梦看见太阳如渴望的语言
如干涸的语言　如铺展向海的沉闷敲击
那乌有之王修筑的殿堂
那黄道十二宫引导的路途
我通过语言进入了太阳　那欣慰的语言和受伤的语言
那守护的语言和斧钺铿锵的锋利的语言
我凝神作书时夏季已盛大
夏季已盛大　乌有之王走下了阶梯

14

他长着一张豹子的脸
释放了斧钺的乌有之王　　他长着一张兀鹰的脸
蜥蜴的脸　　从空旷里到来的梦境之王
他走下了阶梯　　同时也就是
海岬之王　　白色庙宇的臭椿之王
和白银部落里
火焰的发明者　　看懂了西风的悲剧之王

他畅饮太阳的紫丁香气息　　并将它倾倒
在狭长的海沟里播撒青鱼
他传达太阳那黑铁的布道　　宏大而幽深
如欲望探寻的空洞子宫

他低回　　当银杏树纷扬如雪的中午
当光的利爪挥动于接骨木院落的时刻
乌有之王走下阶梯　　低回
到岁月古老的阴影里沉思　　乌有之王
穿过废墟　　低回
到梦境深邃的意象里沉思

而他背后　　他的背后是新鲜的柑橘　　扬鬃的星宿
是石头杯盏里毁灭的酒浆
一颗海螺般响震的太阳

15

跟随着我　星辰　守望之石　哭奔向她的期许的妇女

跟随着我　树木在风中永久地鸣响　永久地颤动

那形同青蝶的水中倒影　跟随着我

我已经跨越了这片空地

在陶罐撞击的音乐之中

我已经汇合了乌有之王　太阳之子

和白银部落面向大河的主祭祭司

跟随着我　听那支颂歌更为激越

如海峡间潜行的瞻星鱼群　如鸣蝉在主干上闪耀的呼喊

那为着所有的热力　为着苦闷和欢欣而唱出的

那太阳的颂歌

它同时是一柄青铜的巨斧　或那些女性的

黄金线团　双腿之间的生殖之花

和沉默于正午的一个僧侣

跟随着我　斑斓的植被　移动的冰山　工蜂

食蚁兽　跟随着我

太阳将展示它白色的锋刃　最大的激情

太阳将织造它浩大的白昼　宣告严正而僵硬的诫律

跟随着我　当我被太阳的颂歌围拢

并走进乌有之王的邦国

16

但夜色已压弯了寂寞的枝条　日影萎缩进

手的港湾　但城市幽深的街巷里　我所放牧的星辰升起
我所吟咏的夏日之光
躲藏进店铺　逃遁于月下
但偏头痛的语法师　黑河之上把诗篇宰割

这座城市被他们建立　四面城门　和更多的
屋顶　灰躯的白头鹎从树梢到树梢地忙于营巢
这座城市被他们建立　在黑河之上
它能够容纳九颗落日　更多的族类
乌有之王空旷的厅堂　如钱币零散的
月光之镍
但阴影腋窝处有蝾螈在吮吸

我离开了他们　在永久的废墟上俯察流水
那些笛音已飞掠了我　那些矛戈阴茎的男子
那些庭中玉树和塔楼顶端的不锈钢乳房
我离开他们　看他们飞掠　对岸的车灯使夜变得嘈杂

但银杏在南风中纷扬如雪
纷扬如雪了　黄道十二宫映照又映照
但城市的十二座城门大开　月光流泻　如开花的梦境
但偏头痛的语法师　黑河之上把诗篇宰割

17

高大的银杏纷扬如雪　在夜色里

纷扬的树叶像那群星宿

披着毛毯　布于集市　而盛赞干渴的午夜在低吟

石头的废墟　生长着圆口类植物的废墟

在面具的夜色里我离开他们　我穿行于城市的

黑河之上　高墙描画图腾的河上

以釜鬲烹煮了荒夷居民肺腑的河上

白色的素馨被吹落一地

风一样洗劫新婚宴席的虎豹之师走在了河岸

一个更为阴沉的影子　狭长而单薄

把鱼群阻隔于入海的途程

我弹拨丢弃于星下的乐器　在记忆的集市里

早已断裂的琴弦　声音喑哑的琴弦

纷扬如雪的银杏的琴弦

我弹拨　趺坐　见目光如利刃的太阳庙侍女飞升上楼台

在午夜的集市里　我清凉的音乐又使另一个部落汇聚

另外的面具　公牛头饰的男子

泥沼的小腹中孕育着第一声哭啼的妇女

我穿行于玄武岩溶化的废墟的河上　趺坐

弹拨　因缺席的星辰而归于沉默

18

胸脯丰满的守护者　释放了记忆　却无法释放

寂寞的心情

云游之星顺流而下　竹制的书简

兽骨的预言　和钟鼓之石上镀银的字体

胸脯丰满的守护者　有黄金的瞳仁

有柔韧如河道的忍冬藤双臂

在夏季的每一片浓荫里守护

寂寞之星顺流而下　那城市递送战报的信使

快马如迎风惊梦的睡莲

从黝黑的河堤上连夜奔过

我听见了七月大暑里寒冷的声音

胸脯丰满的守护者　荆棘般燃烧的太阳庙侍女

我是在沉默中与厄运相会

沿河我触摸了悲哀的村庄　诅咒的风车

乌有之王的溃败之师　那难以使盛夏长青的军旅

沿河我触摸了单峰的骆驼　移改重力的浮尘子

晾晒衬裙的冷峻的王妃

蒙难之星顺流而下　我放牧的星辰　弹拨的星辰

从一种孤独到一种酷暑

胸脯丰满的守护者　阴阜般寂寞的城市废墟

19

于是　我从镀上了夜色之银的河道一侧再次上攀

直到有金雕和海东青居住的顶端

透过鸣蝉宽大的纱翼　薄雾的反光

我看见深陷于黑暗与燥热的城市

被剑戟所困　被天狼星下的部族所包围

我还看见河上漂荡的　夜风中流浪的

那高举起婴儿的母亲　那打破了水罐的姑娘

那被热病和黑死病们经久缠绕的天气的代言人

他们正朝着离海更远的地方

向仙人掌蝎子的沙漠而去

为了那永久寻觅的　那太阳的另一面

水将会变成珍贵的宝贝　生命被轻贱

诅咒开放着剧毒的植物

从夜露打湿的榉树林子直上到山脊　我再一次看见

嫉恨者投掷出险恶的标枪

夏季的圣城则枯竭为废墟　一群穿越了腹地的蝴蝶

低抑　滞留　漫演和风化暗红的锈蚀

我又看见　跟它们相对的海盆之中

玻璃塔楼将要升起　那个箝口不言的人

要放送鸥鸟　并开口说话

20

槽中的刺鱼重又折回

那河鲈的日子　风信鸡的日子

那洪水平静后初生的日子　我不知道那会在哪里

太阳嘴唇的英雄和诸王　白银部落的狮子宫圣城
驿马的蹄声　女巫的笛音
粉笔在岩石上讲述着历史　我不知道
他们在哪里

我不知道他们在哪里　乳香的季节
贸易海蜇或海胆的市场　那凌晨被水洒过的街道
乌有之王的曙光约法
我不知道那会在哪里　在暗夜的哪一颗灾星之下

深沉的葡萄藤院落的他们　疏通了大河海口的
他们　旗帜上拂动洁白的茅草
以及　在橙子的黄昏前宴饮的他们
手指遗漏光线　河床倾斜酒杯的他们
有闪长岩鬃毛的小马　有大火星肌肤的丛林
和夜色的城墙上弄箫的他们

我不知道那会在哪里　当星光黯淡　当我走出了
石头的居所　我不知道那会在哪里
飞鸟们折回　而引导者将要在山梁上显现

21

为了那永久寻觅的　那太阳的另一面
大暑的记忆之星被放牧
灯芯草开合的蒙难之夜在空寂中喃喃

山毛榉集结起所有的仇恨　逼视

逼视那盐血和吞噬的海

为了那永久寻觅的　那太阳的另一面

我长久不息地吟唱和弹拨

深入原野最隐密的腹地　听堕胎之后时间的

呼啸　我仿佛置身于最北的极地

那永远有南风吹打的洋面

为了那永久寻觅的　那太阳的另一面

赤裸的受辱者爬上了堤坝

在钟敲死亡的苍天之时　在跳动的脉搏

最激越的岸上　赤裸的受辱者爬上了堤坝

逼视　逼视那盐血和吞噬的海

为了那永久寻觅的　那太阳的另一面

沙漠的季节河再一次消隐

树木在盛夏的沙沙尖叫　满含泪水的大熊星酒客

守望着世界　为了那永久寻觅的

那岩石之上的生命　我放牧群星于梦幻的最深处

22

报纸的三角帆行进在月下　太阳颗粒寒冷的反光

报纸的三角帆如一只

灰鹤　借助风力　伸展和拍打

如无头的三趾马从山梁上奔过

我疾行　听涛　抓紧毛毯的三角帆信风

在那个空旷而粉白的厅堂

半导体制造出白昼的嘶哑　木头的午餐桌摊放着悲歌

独处于荒凉岁月的雨

被我在沼泽的绿血中点燃

海豚的三角帆倾斜着背影　七月躲避过浓荫的喧响

从大暑到处暑

醒来的男子面容凄苦　女人们撕扯着

记忆的黑裙　从大暑到处暑

小腿上毫毛落尽的王者　独处于风前

侧卧和匍匐　凝视门楣下微尘的

消息

死亡的三角帆犁开了河床　酷热中干涸的牛车通道

夜半的铅字如狼群饥渴

背离报纸　搜寻和穿越　那绿血中被我点燃的

沼泽　七月的旧汽车带来的消息

23

盛夏的大祭司走出了低谷

我能够听清最短的笛音　我能够关心最单纯的愿望

在水深七尺的大理石废墟上

我能够认出那最黑的鱼群　在凌霄花低首的海岸一侧
我能够说出最深沉的话语
当盛夏的大祭司走出了低谷

生活之恶　或喉管被呃断的又一个夜晚
我独自在城市的沥青道旁　能够把时间的谜底猜透

当盛夏的大祭司走出了低谷
我能够看到他犹豫的阴影　我能够看到他宽大的衣袍
和衣袍之下的果敢之铁

我能够看到他眼中的忧郁　在水深七尺的大理石废墟上
他排列制胜的陶罐和鸡血
核桃树叶和一千片鳞光清冷的音乐

当盛夏的大祭司走出了低谷
那沙漠之中最干渴的巢穴　在凌霄花低首的海岸一侧
我能够看到他

眼中的忧郁　忧郁和满含着泪水的
希望　当盛夏的大祭司走出了低谷　他眼中满含的
是纯洁之盐　是赞颂的晶体　是被我猜透的时间之银

24

我怎样说出我所看见的　枝条沉重的钟楼
我怎样说出我所看见的
枯涸的河道　空旷的城市　和海流中平静的葡萄酒杯盏
新月如一只受伤的手　受伤的手
它洒下的光华是凄清和寒冷　悲愁和哀怨
我怎样说出
我所看见的

我窗下的月光是同一片月光　微尘　夜露
石头的院落里孤寂在生长
我怎样说出我所看见的　那痛疼之网
死亡和黑暗交织的网
在沙漠尽头紧靠着河岸　一棵树兀立
缺少它应该拥有的群鸟

我怎样说出我所看见的　我窗下的月光
是受伤的月光
枯涸的河道　空旷的城市
黑衣掩盖着同一个消息　我怎样说出我所看见的
那走向灭绝的种族　那埋入沙穴的智慧
那太阳的绳索捆绑的希望
我怎样说出我所看见的　当新月如一只受伤的手

25

从大暑到处暑　　流连的月光流连又流连
虫声默祷于废墟之中
从大暑到处暑　　流连的月光流连又流连
食盐孤独的营火在飘移

我一再听到　　通过那兜满了南风的居所
通过那驿站和驿站间传递花粉的神秘语言
我一再看到　　所有的物质都将被命名
所有的物质都已被命名　　从大暑到处暑
流连的月光流连又流连

我一再看到　　我一再听到　　扬帆的旅程
死亡和黑暗徐行的途径
我一再触摸　　我一再弹拨
七月的后半夜拍打的海　　和永久的废墟上
受伤的记忆
我跌坐　　疾走
我上升或下到月光最明亮处
我面对的仅仅是荒凉的地带　　一张空网
和徒然被喊出了姓名的他们
当流连的月光流连和流连　　从大暑到处暑
我跨上大地唯一的阶梯　　离开了梦境和记忆的幽暗

26

新月像一只受伤的手　失血的手

初升的太阳像说话的喉舌　浓雾迷失的葡萄园

鹰的趾爪和蜥蜴的足迹

它们像月下舒展的笛音　像诗篇的节奏

像一块薄铁片锋利地切割开时间的

黑暗

我有如放牧信风的海峡　我有如播撒信风的海峡

我有如无处不在的鸣蝉的叫喊

像橄榄枝上更苍茫的天空

我想说　我是盛夏的颂歌手

也是记忆的编创家　我是

月下的抒情人　也是诅咒中午的另一个人

当新月像一只受伤的手　失血的手

我知道我更像嘶哑的喇叭　破损的喇叭

一声夜鸟在瓦上的啼音

初升的太阳喉舌　玻璃塔楼的沉默者

自海盆里升起　在山梁上显现

他就像另一颗耀眼的星球　沿黄道十二宫把消息

传递　他有如最后的启明星僧侣

他开口说话　当我在南风吹送的岸上

终于我听见　当七月的金蟋蟀张开翅膀

当剃成光头的八月朝圣者穿过海峡

我终于听见　太阳的鲨鱼辗开了群鸟

当我在清醒的沙岸一侧

然而你们必须去迎接　黑暗的　邪恶的

将善良和神圣毁弃　将石头和松节油点亮

然而你们必须有武器　有颤动和刺鼻的硝烟

有笨重和坚固的堡垒

有孔雀的翎毛和走出栅栏的一大群绵羊

然而通过语言的玻璃塔　通过最适合生命的节奏

你们将听到太阳的声音

那最终被放送的　那饥饿的群鸟

特别是晴天　当盛夏的干渴被你们赞颂

会飞的蝗虫在高坡的大麦中杀伐和杀伐

你们必须像静候黎明者　你们必须像

追寻亮光者　你们将走出栖息的桃林

你们将动用燃烧的酒浆

从赤裸的女性中唤醒新生命

你们将听到太阳的声音

那最终被放送的　那饥饿的群鸟

28

终于我听见　当七月的金蟋蟀张开翅膀
当剃成光头的八月朝圣者穿过海峡
我终于听见　太阳的鲨鱼辗开了群鸟
当我在清醒的沙岸一侧

然后会有一天　然后会有同一个夏季
大海和三叶虫再次被发掘　你们会再一次
去认清海藻　扬帆的大角鹿
去认清石头胆瓶和燕子一样尖叫的短笛
然后会有一天　然后会有同一个夏季
你们将用手把光线筛选
你们将听到太阳的声音
那最终被放送的　那饥饿的群鸟

时间的细线牵扯着你们　时间的绞索
把生命紧扣　你们就会有大为惊奇的目光
你们就会有最后到来的某个夜晚
但你们不要进入　但你们不必进入
在孤单的树下　在钟楼敲打记忆的堤坝上
你们将一再呼气　一再叫喊
你们将听到太阳的声音
那最终被放送的　那饥饿的群鸟

29

终于我听见　当七月的金蟋蟀张开翅膀
当剃成光头的八月朝圣者穿过海峡
我终于听见　太阳的鲨鱼辗开了群鸟
当我在清醒的沙岸一侧

因而你们是参与者　同时是死亡唯一的证人
因而你们要掌握力量　看石头开裂
看植物的茎秆上绿色的生长
战争的积雨云带来了阴天　巨大的尘暴啊
将印证那青铜的青铜咒语　你们将目睹
那不该看的　那不堪忍受的
你们将听到太阳的声音
那最终被放送的　那饥饿的群鸟

你们要紧握手中仅有的　你们要面对
秃鹫注目的　狼谷和剃刀鲸海沟的消息
狐狸和食蚁兽孤独的走廊
黑暗紧裹的凄凉的腹部　你们将遭受
最粗暴的一击　并同时有再生般
春天的欣慰
你们将听到太阳的声音
那最终被放送的　那饥饿的群鸟

30

终于我听见　当七月的金蟋蟀张开翅膀

当剃成光头的八月朝圣者穿过海峡

我终于听见　太阳的鲨鱼辗开了群鸟

当我在清醒的沙岸一侧

终于　你们的珍宝重新归来　重新归来

幸福　和神圣　你们在同一张餐桌上相见

在翠鸟烧灼瞳仁的午后

那揭示真理的手　那传达出智慧的十指关节

你们将托起涨潮的乳房

你们将亲吻素馨的芳香

你们将听到太阳的声音

那最终被放送的　那饥饿的群鸟

你们的黑发为亮光翻卷　像入秋的旗帜

当岩石轻跳而斧钺作响　树脂从节日的高潮中

流下　信风要道破那道不破的

海胆收缩　如死前的一瞬

你们将懂得阴影的意义　思想也终于要

重新归来　重新归来

你们将听到太阳的声音

那最终被放送的　那饥饿的群鸟

我接受指引　并建立起自己

我经历了七月和八月的暑夏　我接受指引

并建立起自己　我穿山越岭向着唯一的清凉而去

血色宝石中空的智慧　林带之中纯净的涛声

在这片空地上　在这片河滩上

我接受指引　并建立起自己

我有如柏木龙骨的帆船　如芦苇丛中的

赤木之舟　在白色的月光下我接受指引

我建立起自己的渴望之旗

临海的峭壁上苍鹰往返　临海的峭壁上

有西风留守

我打开窗户　我透过窗棂

我听到了太阳在正午布道　接受指引

并建立自己　我渴望海上的

三角帆清风

我渴望进入那更宁静的　更为透彻而明亮的梦境

记忆的星辰四散而去

记忆的星辰顺海流向西

我渴望在水深处听鱼的叫喊　在临海的峭壁上

在岛屿的浓荫下　我接受指引并建立起自己

32

岩石上奏响爱情的人们　在海岬的蔚蓝之间
在容纳了鹬鸟的高坡一侧

岩石上的受难者　岩石上的丰腴放纵者
在比水更白的鸥鸟之下　在鸽子眼的百合丛中
青铜的薄片敲打　马棚的灯盏明灭

岩石上的倾听者　看清了玻璃塔海光的
人们　他们奏响　奏响
他们如响叶杨　在我的南风中摇荡和
低述

他们跟随星辰的脚踪　白云三角帆羊群的脚踪
在洒过水的金雀花城市　在街巷
在通向圣山的大道之上　他们跟随着
葡萄藤脚踪　在乳香封门的宗庙阴影下
他们也将会有歌中之歌

他们也将会有自己的诗篇　梦境里面最幽深的
为草丛之中双生的麋鹿
为荆棘燃烧的黑色震颤
他们翻过了丰收的大麦坡　他们走进了开花的苹果园
岩石上奏响爱情的人们　他们奏响
奏响　在我的南风中摇荡和低述

33

太阳要把我晒成黝黑　精卫鸟啊

太阳使我有紫草编结的　如同她发辫般光滑的帽檐

我丢弃了我放牧又放牧的星辰

我偏离了沿黄道周游的旅程　我啊

路过她打开了门扉的院落

路过她斜坡上晾晒的迷迭香

剃刀鲸在海中翻卷起波浪　背对着柔韧而响亮的中午

太阳要把我晒成黝黑　乳房高耸的

太阳庙侍女　我就要为她展开旗帜 我已经为她

展开了旗帜　河流的双臂　树皮之下的

腰肢　我是在月光下误入了槟榔林

我是在欣喜中穿越了芦苇丛

在我的茅舍下　我看见她赤裸的海棠之躯

她瞳仁的黑色如潜鸟的颈项

她瞳仁的黑色如同一个夜晚　她亚麻布的背脊

清凉的双唇　她封冻的话语在八月里消融

我是在金星下打开封条

我是在酷暑里汲水而饮　太阳要把我晒成

黝黑　精卫鸟啊　她带给洋流的是她的卵石

剃刀鲸在海中翻卷起波浪　背对着柔韧明亮的中午

34

这样　更加开阔的风景和海景　街景和
梦境里平静如第一夜的玻璃酒杯向我显现
向我显现
这样　我扶正犁把　我扶正犁头
我朝着更加遥远深沉的尽头而去

这样　精卫鸟倾斜的海口　精卫鸟锋利的翎毛
她腋下的香料　她甜蜜的双唇要向我显现
向我显现
这样　我清扫了荒废的大宅　我打开了封闭的港湾
我朝着更加遥远深沉的尽头而去

这样　夏天的硬叶树林　沙原的防风树林
映衬在杯底的褐色裸女向我显现
向我显现
这样　我探察了狮子洞　我攀上了老虎山
我朝着更加遥远深沉的尽头而去

这样　姑娘在岩石上奏响了爱情　折断了忍冬
八月里修长的大腿疯狂地震颤要我向我显现
向我显现
这样　我划开了树皮的孤舟　我打碎了星辰的倒影
我朝着更加遥远深沉的尽头而去

种子一代一代　一代一代

番红花生长　菖蒲和石榴树迎接着南风

在苹果园最为兴盛的季节　在一个白银的夜晚

她饥渴的海棠之躯

有如另一队纯洁的朝圣者　跟随我向着

深海而去

游隼　啄花鸟　石头岛屿是更久的生物

我让她辨认出绿色和紫色的

我让她辨认出单棵和双瓣的

在一个白银的夜晚　在苹果园最为兴盛的季节

她已经记清楚　她已经听明白

一代一代的王者死去

一代一代　垂暮的太阳被诅咒和诅咒

种子一代一代　一代一代

梦境被释放进每一层黑暗　我就要经过他们

我就要忍受那焦黄　一代一代的王者死去

一代一代　暴虐的手指像太阳在鞭打

一代一代

消瘦如琵琶的河床在诅咒

36

我最后要经过的地带　是因热力而柔软
因沉闷而窒息　因九颗太阳的轰鸣鼓噪而风化的
地带　我最后要经过他们
食指之上的坏蛆　手心中间的深井
乳房的大海在同一片叶下
而河床的干裂处有食蚁兽躲藏

佛手的花冠被弹片削平　狼烟
和甲胄　在爱情成熟的第九个月份
我看见战争的眼珠被镶嵌
在时间那刺痛的眼眶之中
我看见分管昼夜的手　推动生死的火
和流淌着绿血的半座城池
在爱情成熟的第九个月份　一只酸橙
一盏孤灯　墓穴里躁动着唯一的生命

接着就会有那句咒语　当我经过
当中午被一片杀声笼罩　受难的人群交叉起双手
在他们胸前　在他们体侧
受难者将会有同一句咒语　同一句
咒语
汝将携施暴星同赴亡毁

37

汝将携施暴星同赴亡毁　在睡眠之中扬帆的他们
在绝望的枯海边吹奏的他们
诅咒　诅咒
当太阳在正午使巨鸟们沥血

我看见他们从死亡里回还　颈项上有伤
眼睛和肺叶里有咸涩的水沫
他们在干旱的午夜里受虐　鱼贯自枯涸的海床而来
我听到了他们的黑乌鸦叫喊
如报丧的钟响使天空破裂

于是我透过那片水幕　在扬尘的大路和荒村一侧
于是我看见了最后的王者　有兀鹰的毛发
和俯瞰的眼　黑铁的翼翅里圆睁着寂灭
在梦幻的这片阴沉之下
石头们凝聚　防波堤陷落　鱼的鳞片
如刀光浮现

汝将携施暴星同赴亡毁　那乌有之王的祈诵
那祭司在山上的预言　那一代又一代的花岗岩墓室
我飞掠过每一片焦黄的牧场
我的星辰　和我的星辰
他们在最黑的轨道上滞留

38

因此我更接近这一块黑铁

等雨的绿甲虫已经在矮墙边风干成硬壳

因此我经过了最后的地带　那倒戈的地带

野马的筋腱随杀声颤动

因此我知道　这个世界有同一件事实　同一声

指向日头的黑色咒骂

汝将携施暴星同赴亡毁

因此　开口的月亮刀被血浸洗

那歇息着的饥饿的手　阴沉的手

要抽出咽喉间冒烟的海带　我透过另一片

尘土之幕　也就是阻隔生命之幕

我看见了黑铁的王者被绞杀

因此我终于要跟他们相遇　跟他们相识

透过同一片浓荫之幕

我要听第一声稚嫩的啼哭　那因为战胜而降临的

小儿子

因此我终于汇同了他们　扼杀死亡的人

反抗暴虐的人　和高举起另一颗太阳的人

因此我要向尽头而去

在现在的现在有鸟雀在啁啾

39

每个人都要有自己的武器　独特的

比风和泉水更加清澈　每个人都放下了

自己的武器　在战胜了酷热的午后

在宰杀了雷兽的午后　每个人都像是

蒙尘的镜子　要映现他们那深黑的

咒语

汝将携施暴星同赴亡毁

而现在的现在有鸟雀在啁啾　鼻息深厚的人们

将要在浓荫下看这片焦土　并向着最后的清凉而去

而现在的现在有鸟雀在啁啾　那战争的云纹鼓

那炸膛的火药枪

现在被一片葱郁遮盖　被睡莲般蔓延的海光

消融

无花果树在大梦后祝福　为了那释放过梦境的王者

南风中斧钺被再一次收藏

那弯成犁头的刀剑　那写上盾牌的诗句

大梦后祝福不存在的王者　那乌有之王

和每个人重获的新鲜面容

在现在的现在有鸟雀在啁啾　在现在的现在

他们有同一颗清凉的太阳

40

水是世界的纯洁之源　水是赞歌和颂辞的

泉眼

在黄昏以前的天幕之上

在蓝色沼泽和白色茎秆的天幕之上

奇异的字迹向我显现

那些异国的鸟

那些扁平的喙和殷红喉囊的大军舰鸟

它们汇集于向北的高岬　迎风拍打

低啼或长鸣

当鲭鱼的光泽透过海水在宁静中泛起

奇异的字迹向我呈现　赞歌和颂辞

与记忆之星对应的俊杰

他们说水是纯洁之源　也是唯一清凉的泉眼

他们说沧桑在一瞬之间

当深海中已经有倾斜的桅杆　鲭鱼的光泽

与涛声汇合

他们说怨鸟要得到慰藉　他们说焦土

要重新被灌溉

而奇异的字迹要向我显现　赞歌和颂辞

要面对清凉而浩大的太阳

41

那么　让我在同一个季节里低眉凝神

探寻和超越　回转的道路在八月的浓荫下伸向了蔚蓝

那么　让我也参加这晚夏的盛宴

罗勒　鸡冠花

闪动着羊群奶汁的青草

那么　让我最后能终止这旅程　回向

从高大的词语之树俯瞰海峡

和给我以智慧的雨燕星座

我放牧的记忆里有太阳的尘土　有太阳的积雪

和太阳那最为黑暗的震颤

我弹拨的记忆里有太阳的热力　有太阳的喧响

和太阳那最为透澈的清凉

那么请让我进入这清凉

汇同他们　沿着候鸟的道路前往

我曾经是春天的某个夜晚　我曾经是

五月南风中孤寂的岛屿

是太阳狂暴中箭口注目的榉树一棵

那么请让我回顾这旅程　终止这旅程

回向　当光明朗照的玻璃塔升起

在海盆里　在山梁上　在我梦想的八月的黄昏

42

沙漠像一片白色的金子　它的边缘

是深沉的海　千百棵香樟像明烛在摇晃

我闻到了来自绿色的芳馥

通过这么多不眠的草场　通过这么多不眠的石头

堤坝　风

我闻到了来自词语的芳馥

千百棵香樟像明烛在摇晃　照彻

和吹送　海金沙之鸟如展开在月下的黄金睡莲

寂静中升起了那座塔楼

有翡翠的毛发　有眉线的浓荫

尖顶沉默　如幽深的隧道

寂静中升起了那座塔楼　在平静的细沙和温良的夜晚

当我通过了多难的腹地

当我通过了乌有之王的额角　那片常青树山梁的拱顶

我闻到了来自词语的芳馥　他开口说话

并放送出雨燕　千百棵香樟像明烛在摇晃

千百棵香樟像明烛在摇晃　玻璃塔楼

从寂静中升起　我日渐强烈的悲伤和憎恨

我日渐强烈的热情和爱　这时如展开在月下的睡莲

如海金沙之鸟　那深沉的海

43

在我所梦想的八月的黄昏　激情划开了宝石的伤口

鱼的青灰色脊梁　七面鸡的黑珊瑚皮瘤

我看见他高居于玻璃塔楼

一颗金雕玉琢的脑袋　和一双放送过语言的

手

腰瓠一样轻盈的少女　有乳白的腹部

有将要在晚夏里到来的美

在我所梦想的八月的黄昏　激情划开了

宝石的伤口　呼唤起四周沉寂的风景

他呼唤起　重压在谜语下四鳃的鲈鱼

山冈之上积雪的明亮

在一颗清凉的太阳之下　金凤花依稀

我日渐强烈的悲伤和憎恨　热情和爱

如长途跋涉的一队骆驼　朝着嘉尚的终点而去

腰瓠一样轻盈的少女　在我梦想的

八月的黄昏　她们要歌唱生命的汁液

她们要拥有生命的汁液

激情划开了宝石的伤口　我看见他

一颗金雕玉琢的脑袋　和一双放送过语言的

手

44

人群汇集于大海　钟声将催促入浴的女子

盛夏祭司的继承者　瞳仁蔚蓝的

天南星　以及　掠夺了王位的

青铜养马人

他们更盛大　当镀金的天空把雨燕们映衬

而钟声又揭示这一片繁华

我清凉的冥想如水中之水

在收获的斜坡上　锦缎已包裹起防波石堤

守护梦境的王者后裔　人首鸟身的大巫师

预言晴雨者

剃成光头者

他们更盛大　汇集入海　高扬低吟

我清凉的冥想如水中之水

如他们布置于海中的聚居地

群岛　扇贝　水族动物的衣帽和饰带

钟声已揭示繁华的一季

我清凉的冥想如水中之水　而他们更

盛大　八月暑夏中金黄的九月

在深海中繁殖的长尾鲨星辰

我放牧的记忆是另一群雨燕

45

我就要沿着鱼形的大海　重归

回向　去高大的石阶旁听梦境解说

我已经经历了浑圆的一季　我已经挑选了丰腴柔韧的
用水洗净肿胀的双脚　两腋和四肢
用盐使眼睛变得单纯
我也要用光浇淋我赞叹的　平衡的姿态
海绵体肺叶
以及从小腹到膝盖的润滑
落日在追忆中爱抚节奏　如一种气息
吹拂我感受清凉的颈项

我就要沿着鱼形的大海　重归
回向　去高大的石阶旁听梦境解说

现在我走出激情的桦木林　现在我平息了
八月的冲动
赤裸自己在落日的塔影里
一群藏头诗组成的飞鸟　在记忆的同一片屋顶上停留
现在　我清凉的冥想如水中之水
而现在啊现在
我的背后有同样赤裸的　柔嫩枝条的
蜂蜜和奶仁

　　46

我知道　我放牧的记忆是另一群雨燕

另一种微光

稀薄的物质被铸造成星座　盐的誓辞

和翻腾的海流中僵硬的

旗　召唤来最后的伟大缺席者

我知道　废墟上重新有月亮的马匹

石头的乌有　声音的塑像和平静的额角

我进入的大海是另一片清凉

另一种微光　葡萄架下　美人蕉赤裸走出了梦幻

我明白　蓝蜻蜓的远山之色是季节的颜色

它可能也会是时间的颜色　星辰的颜色

我放牧的记忆是另一群雨燕

另一种微光　伟大的缺席者已翻山而至

我知道　我进入的大海是夏季的一季

是另一个春天　黄昏的露珠像裸者的呢喃

高大的石阶下开放着花园　紫云英繁盛

菩提的隐花果叶腋下生长

终于我知道　我进入的是那个最平静的　最初的和

最单纯的　每一只雨燕是一种愿望　是一种愿望

而记忆的星辰将沉没于无言

47

大麦终被收获
顺着高坡　河流在入海前破碎成明境

黄道十二宫参加进来　守望　皈依
在入海前　我看见了更多的人群在诵读

他双唇的落日开启　面朝着深海
微光一片像最终的安宁

时间开始动摇　记忆之星沉没　海蜇
和海葵　出水的蝴蝶鱼比海峡更蓝

他静坐于水沫的殿堂之中　玻璃塔楼
升起　显现　他静坐于浓荫的臭椿树下

勇敢　或真挚　隐形与显形的大气和海流
我看到　人群中每一张坦诚的脸

每一种荣耀大海的诵读　汇集　和皈依
在黄昏清凉的南风吹送里

一切都不必再去虚构　我走进这一片
繁华之地　有车马在门前嘈杂的玻璃塔

这也是真正的寂静之地　是永恒的晴天
是能够与大海共存的真理　他开口说话

又归于沉默　我要到出发地
终止这旅程

48

回向　记忆的精虫深埋进子宫
而想象之树将要蔓延上生命的冠盖
回向　塔楼从海盆里升起又升起
在山梁上显现　最为纯洁的紫丁香瀑布浇淋着太阳

石竹也有了宽阔的前额　摇曳南风的遮荫庙堂
海口之上　我迎候飞度的白色热带鸟
我高喊季节的天青色姓名　在一架月桂的窗框以外
归航的远征船如同下一个昂贵的晴天

回向　第一声啼哭将来自梦境
那播撒了星辰的珊瑚海子宫
回向　回向　我再一次穿过最炎热的
林间空地上寂静的中午

玉之昆仑颤动双唇　萱草　半边莲
碧绿的血液这时已开放进紫云英院落
他正直的山毛榉八月里守望　放哨　他预言的

百日青　如海蜇和鳞光那蔚蓝的引导

回向　回向　那鸟儿啁啾之地
那激情纯洁之地　那把握住透澈和明亮的他们
回向　回向　我将要进入那最素净的
那永远永远的无言和无言

49

回向　海峡的玻璃桅杆　海峡的鲨鱼落照
受到赞扬的盛夏之手布置下音乐
回向　午餐的木桌上金雀花芬芳
瓶子里的清水　酒杯里的清水　茎秆上欣慰的太阳露滴

爱旗已经铺展开来　海涛的耳语声　青瓦的合欢床
爱旗已铺展于他们的额头
蓝色的山梁像琮琤的古筝　像苏醒的又一季
葡萄藤的门楣上有他们亲手写下的甜蜜

回向　月亮的犁头在蝙蝠之上　隼鸟之上
在迎送泥土誓辞的舌间
回向　回向　鸟粪覆盖起我的孤寂
他们的孤寂　鸟粪的深雪里有苏醒的又一季

弯刀的金针菜　浓雾的短笛音
受到赞扬的音乐在劲吹　而那双受到赞扬的手

发明了智慧　体现着智慧
并触摸到生命那最为茂盛的出发之地

回向　回向　那鸟儿啁啾之地
那激情纯洁之地　那把握住透澈和明亮的他们
回向　回向　我将要进入那最素净的
那永远永远的无言和无言

50

回向　我一路播撒的同时呈现　炽热的铭言
因脉博跳动而感知的橄榄树
回向　我一路播撒的同时成熟　靠着太阳的晕眩
时间的晕眩　我一路赞颂的终于被赞颂

我一路弃绝的终于被弃绝　鼻息粗壮的兽类
双眸凝重的植物　鸣声悦耳和姿态娇柔的
我探索到他们那翠绿的一点　冲破了诫律羁绊的
灵魂　和等同于无限的宁静之美

回向　信誓旦旦的繁星之树　还愿灯之树
安宁和给我以词语的常青树
回向　回向　给我以思想的　给我以
启示的　和使我忘言于其下的常青树

此时此刻　也是悠远和长久　是向下和向上的此时

此刻　我行进于开阔平坦的倾斜之中

沉默其间　在黄道带和日规线

在生殖之鱼和冥想之鹰的清凉之地

回向　回向　那鸟儿啁啾之地

那激情纯洁之地　那把握住透澈和明亮的他们

回向　回向　我将要进入那最素净的

那永远永远的无言和无言

1997

断简

白昼显形的星座是忧郁
像一盏弧光灯空照寓言
像一颗占卜师刺穿的猫眼
它更加晦暗，隐秘地剧痛
缩微了命相的百科全书
当我为幸福委婉地措辞
给灵魂裹一件灰色披风
它壮丽的光环是我的疑虑
是我被写作确诊的失眠症
不期而来了巨大的懊悔
它甚至虚无，像我的激情
像激情留出的纸上空白

它因为犹豫不决而淡出
也许它从未现身于白昼
那么我看见的只是我自己
是我在一本中国典籍、在
一面圆镜、在一出神迹剧
阴郁的启示里看见的自己
缓慢的漩涡！它光环的
壮丽是我的幻视，是我混淆
记忆的想象。不期而来了

意愿的雪崩——它甚至是
悖谬，像我的精神
照耀我拒绝理喻的书写

*

航空公司的喷气式飞机划过晴天
那漫长的弧线是一条律令
它延伸到笔尖，到我的纸上
到我为世界保持安宁孤独的
夜晚。我坐在我的半圆桌前
我头上的星空因我而分裂
那狂喜的弧线贯穿一颗心
如一把匕首剜转其间，它是
极乐，却表现痛楚，表现全部
持诚的苦行和仰望之背弃
——我坐在我的半圆桌前
航空公司的喷气式飞机掠过乐园

仿佛金钱豹内部的猫性破膛而出
我头上的星空因我而分裂
一只大张开翼翅的乌鸦
飞翔的骨骼被提前抽象了
我坐在我的半圆桌前
一个笔尖划出一条新的弧线
我沉溺于我此刻的生涯

幻化的生涯，双重面具的
两难之境。我周边的风暴
来自我匕首剜转的心事
我坐在我的半圆桌前，头上的
星空，因我而像一副对称的肺叶

                    *

然后我倦怠，在那些下午
古董打字机吐出又一份应急
文件。透过办公室紧闭的
钢窗，时而透过形式开放的
夏季钢窗，我仍然会看见
乌有的星座在黄昏天际
下面是城市带锁的河流
——那滞涩，那缠绕
那翻卷起夜色的连篇累牍
我知道打字机吐出了它们
而吐出打字机铿锵键盘的
是豁开于公务神额角的裂口

家神更甚于严厉的公务神
他吐出相关律令的碎片
他使我快活，当我恭顺着
我会于绝望间看到我梦中
丧失的可能性，我会以为

他给了我足够的世俗信仰
因而在一根虚构的手杖上
我刻下过，反面的野心和
征服的铭言，它能够支撑
灰烬中我那些苏醒的欲望吗
要是欲望即我的存在，真实的
手杖，就是我死后才来的晚年

*

一匹怪兽会带来速度，会变成
往还于记忆和书写的梭子
它织出我的颤栗和厌恶
我的罪感，对往昔的否决
黄鼬大小的身形疾掠如一把
扫帚，好让女裁缝骑着它飞回
它不仅是时间，是刻骨的虚构
像童年噩梦里精神的异物
——环城路口的圣像柱下
它还会给予我最初憬悟的性之
惊惧！女裁缝升起大蜥蜴面庞
自行车拐向成长磨圆的懦弱街角

那怪兽也会带来翼翅，自行车飞回
小学校唯一的沥青篮球场
朝向过去的把手一偏，它又飞回

初秋的旗杆、招展的香樟树

红瓦屋顶下空寂的教室

我在女厕所独享的挫折

钢圈急旋又急旋着表盘

追逐的指针剪开了隐秘

当那根圣像柱指针静止于现在

往昔被歪曲、歪曲地重现

——我体内黄鼬大小的异物

仿佛星座的精神暗影会带来霉运

*

教育并不是一对刹把，能随时

捏紧，控制一个人发疯的速度

教育虚设，像自行车怪兽

锈死的铃，像女裁缝多余的

第三只乳房。压低的疑云下

少年时光笼于服从，被纪律

假想的界划镶金边，圈入苍白

森严、点缀贫乏的神圣无名

直到自行车穿透广场，去撞翻

花坛、教堂玻璃门、晾晒着

妓院风信子被单的竹头架阵

快得像体育课镀银的冲刺哨

众我之中我并不在，众我

之外，冰块迅速溶化于泛滥
那是马戏场，是开心乐园
我听到的却还是晴空里命令的
镀银哨响——呵斥的拳头
迅疾重击我坍塌的肩
用以抵御的也许是词语
是作文簿里的扯淡艺术
要么，无言——窘迫地孤立
像一幅旧照片展示给我的
无端现世的稀有的麒麟：腼腆
古板、怪异于庸常的局促不安

*

旋风塑造了环形楼梯，伸向
混乱的通天塔高处。那里
浑浊之月蔑视生活，而我由于
生活的过错，被罚站在冬夜的
危楼阳台——又一阵旋风
扭结了胸中冷却的火焰
家神的火焰更像旋风眼
是幽深玄奥的静默训示，轻抚
吞声，震怒中到来最后的宣判
那也是所谓无名神圣，是作为
绊索的向上的途径，是蛮横的
否定，是迎头痛击，是危楼

阳台上，旋风盘转的我之炼狱

我忍受的姿态趋于倾斜
适合梦游的阳台围栏前
我有更加危险的睡眠。睡眠
深处，却没有梦游的必要平衡
我也没有闪电平衡、雷霆平衡
一个宇航员征服星座的自信和
平衡。当一阵旋风实际上已经
折断通天塔，那向上的楼梯
也伸向惩罚。我相信我正
一脚踏空，跌进那伤口
我豁开的额角渗出乌鸦血
定会污染家神铁面无情的尊严

*

于是我歌唱羞辱的年纪，用
甜美却发育不良的受控的青春
一只手如何成一柄利斧，破开
内心悠久的冰海？一只手以它
肆意的抚弄，在走廊暗角
采撷少年的向日葵欲望
流动的大气，又梳理一个
短暂的晴夜——于是我歌唱
摩托之戏，摩托之电影

骑着它我冲刺水塘、跳舞场
倒向混同于阳光的草垛。并且
于是，让一条姑娘蛇缠上了我

分裂精神的语言宿疾缠上了我
它是青春病，是寓言中
奔向死角的猫之猎获物
未及改变方向而毙命
它有如性隐患，淫乐的高利贷
仿佛书写者一寸寸糜烂的
全部阴私。它也是通天塔高处
另一路蜿蜒，另一根绊索
另一只抚弄晴夜的手。于是我
歌唱羞辱的年纪，用咬人的诗
刺杀的剑，用一记闷棍，用
甜美却发育不良的受控的青春

                        *

天气多愁，任意的光阴随波逐流
有一天世界转变为惊奇
有一天傍晚，我醒于无梦
日常话语的青涩果实抛进了阁楼
天井里几个妇女的唠叨
是果实含酸的清新汁液
母亲，搭着话，而我正起身

迎接黄昏。任意的光阴随波逐流
夜色多愁青春更消瘦
而我看见我写下的诗，摊放在
半圆桌，那日记本里涨潮的海景
被透进高窗的星座光芒快速一阅

潮湿的石头散发一阵阵月亮气息
在走廊拐角和天井的矩形里
清影的迷雾，又弥漫一阵阵
酸橙气息。我的苏醒重复一次
我再三重复，如盆栽宝石花
展示互相模仿的花瓣
花影在迎来的良夜里变暗
母亲去点亮阁楼的灯。母亲
搭着话，赋予我纸上唠叨的能力
而我看见我疑虑的诗，摊放在
半圆桌，那日记本里退潮的海景
被透进高窗的星座光芒快速一阅

*

继续梦游？为什么要加上
犹疑不确定的手杖问号
在手杖上，新的铭言
已经被刻写，如一只乌鸦
成年，换上新的更黑的羽毛

254

在飞翔这梦游的绝对形式里
无所依托的翅膀掀动，表明
一个历程的乌有。那么为什么
继续梦游？为什么不加上
犹疑不确定的手杖问号？如果
空气是翅膀的不存在现实
而我的绝对雄心是栖止

绝对确定的仅只是书写，就像
木匠，确定的只是去运用斧子
他劈开一截也许的木材
显形于木材的半圆桌为什么
并不是空无？犹疑不决的
手杖问号又一次支撑，让梦游
继续，穿越我妄想穿越的树林
捕获我妄想捕获的星座
而当我注目对街如眺望彼岸
……一座山升起
并让我坐上它悲伤的脊背
去检讨不确定的人之意愿

*

光的缝纫机频频跳针
遗漏了时间细部的阴影
光线从塔楼到教堂尖顶

到香樟树冠到银杏胡桃树
到对称的花园到倾斜的
弹格路——却并不拐进
正拆阅一封信简的阁楼
我打开被折叠的一副面容
那也是一座被折叠的城市
如一粒扇贝暗含着珍珠
用香水修饰的肉的花边
呈献阴唇间羞耻的言辞

女裁缝咬断又一个线头
带翅膀的双脚抽离开踏板
光的缝纫机停止了工作
女裁缝沿着堤坝向西
她经过闸口又经过咖啡馆
她经过暗色水晶的街角
宽大的裙幅兜满了风
她从邮局到法院的高门
到一爿烟纸店到我的阁楼
挽起的发髻映上了窗玻璃
她扮演梦游人身体的信使
呈献阴唇间羞耻的色情

*

而我将累垮在一封封信里

（先于绿衣人投递的喘吁

在女裁缝呼啸的气息沼泽

我累垮过一次，又累垮了

一次。）震颤的字迹还原

回到它最早发出的地址

被折叠进星座誓言和

戏语抚弄的漩涡城市

而那些已经被划去的致意

又再被涂抹，为了让急于

却不便表白的成为污渍

——忍无可忍地一吐为快

信模仿欢娱的罗曼司节奏

却差点儿变成，盲眼说书人

弹唱给光阴的生殖史诗

每一声问候有一次死亡

每一趟送达是一个诞生

笔尖如舌尖舔开了阴私

信侵入一夜又一夜无眠

另一夜无眠，我等待门环

被第二次叩响——相同的

送达和问候，不同的诞生和

死亡——信封里重新撕开的

性：出自几乎已累垮的书写

*

叩响门环的却不是邮差
甚至也不是恭谦友好的
瘦弱的自我，抑或拥有
无边权力的命运占卜师
那占卜师此刻也许在云端
在一座有着无数屋顶和
众多庭院的星座禁城
他能否突围呢？他是否将
到来？走下台阶有如舞蹈
像一架推土机，奋力挤开
潮涌向通天塔遗址的群众
不意汗湿了胸中的天启

那么是风在叩响门环？是风
造访了我的陋巷？它不仅
叩响，它撼动阁楼，它的
锋刃割破灯头上火焰的耳朵
"它没有恶意"，我镇静地
写道，"然而上面的光芒
摇曳"。……光芒摇曳
光芒熄灭了，我听到绝对
寂静的回声，如割破的耳朵
滴溅开黑暗。"那确实只是
风"，我又接着写
——风中我写下或许的天启

*

缓慢的城市，缓慢地抵达
街车弥留般奋力于蠕动
时间是其中性急的乘客
他曾经咆哮于一辆马车
曾大声催促过有轨电车
嗓门却压不下柴油机震颤
轰鸣的大客车，当一辆轿车
被阻于交通的半身不遂
他默然其中，一颗心狂跳
城市却因为他来到了正午
慵懒的钢窗朝堤坝推开
能看见江面上阴影在收缩

其实是江面上一群鸟转向
它们的羽毛沾染沥青
负重掠过轮船和旧铁桥
而我试探——它们巡警般
多疑的盘旋，困惑高出倦怠
去统览正午的缓慢和性急
弥留和抵达、意志之死和
欲望的波澜——我站在
标志性建筑的象征屋脊
迎候突然到来的预兆：星座
有一次臆想的转向，喷气式
飞机手术刀一样划开了眼界

*

继续上升？到更高处
俯瞰？但是被戏称为
膝盖的斜坡我无法攀爬
那是块脆玻璃，是薄薄
一层冰，经不起精神
沉重地跪压。那膝盖斜坡
只适合安放夜半的日记本
滑翔的羽毛笔、不能够
绕道而行的诗句、黎明
才略有起色的书写
这书写成为我真实的上升
像死亡诞生真实的灵魂

城市展现在书写之下
城市的膝盖斜坡被俯瞰
它有空空荡荡的品质
有空空荡荡的明信片景观
环形广场空无一人
街道穿过空旷的屋宇
延伸空洞静止的集市
那里的咖啡馆座位空置
空杯盏反光，射向阁楼
空寂的空寂——我的语言
空自书写在我的陋巷
当我正空自被书写所书写

*

飘忽不定的幸福降落伞
要把人送回踏实的大地
谁能在半空选择落脚点
像诗人选择恰切的词
事物的轮廓越来越清晰
谁又在下降时提升了世界
像身体沉沦间纯洁了爱情
像一个写作者，他无端的
苦恼客观化苦恼——现在
谁从陌巷里拐出？披衣
散步，脑中有一架乐器正
试奏，带来飘忽不定的音乐

那乐器试奏了谁的生活
纸上也无法确定的生活
现在陌巷里拐出的那个人
步入一派纯青之境。孤寂
安宁，仅只是足够累赘的
共鸣箱。可究竟谁是宇宙的
拨弄者？顺手拨弄写作之弦
可究竟谁是不安的跳伞者
跟我一样，他真能立足于
大地之上吗？纯青之境里
谁又能返回此刻的幻化生涯
——站立在幸福的虚无之境

*

于是，也许，像音乐抽象了
这个世界的时间之时间
他向我展示的，他以为我
领悟的，也仅只是作为
幸福的幸福。在他的幸福里
我困扰自我，在他的幸福里
我营救自我，一个人散步
到更远的境地，挖掘醉意
无限的厌倦——骑马、游泳
划船、打短工，以木匠的手势
斧劈本质乌有的香樟
令书写的半圆桌显形于技艺

令一个诗行显形于无技艺
半圆桌上星座迁回融入下一夜
我也在脑中试奏音乐，并使之
虚无，时间则依然行进于时间
那显形的诗句是一次艳遇
是陋巷里细腰夜女郎现身
"我跟她有甜蜜的风流韵事
完全陶醉于她的节奏"，邮筒
饕餮生吞明信片，却消化不掉
厌倦的醉意。半圆桌上，诗行
本身却守口如瓶，只字不提
或仅仅拘苦于言辞的欢娱

当一个炎夏展示剩余的七天春光
像纠缠的未婚妻同意从热烈
暂且退步，我会获得想要的一切
美景无我和书写无我，以及一根
支撑梦想的梦想手杖——那正是
一些梦，让我能梦见我，如梦见
不能复活的人。或许我只是
白日飞升，从陌巷的阁楼到
纯青上空，在越来越缩微进
蓝天的迟疑里回看梦游者
回看梦游者即将醒悟的漩涡城市
漩涡城市的炎夏剩余的七天春光

此刻是否已经第六天？已经是
第六个黄昏此刻？纯青第六次
转变为幽蓝。一个不能复活的人
注定会更暗，倒影贯穿星座倒影
像喷气式飞机贯穿着航线
这是否构成了额外的判决
美景无我和书写无我继续扩展
梦却将梦还给了无梦，如同春光
终于把自己还给了炎夏。"也许
我又捕获了自己？"绳索或
镣铐，也可以作为命运的解放者
正好第七天，热烈重新熄灭了我

*

因此神迹剧演变喜歌剧
弧光灯空照寓言乐池里
断弦的竖琴。因此爱是
必要的放逐，是书写忍受
必要的鞭挞。现形于纸上
语言的惊愕，也将文刺其
克制的惊愕，引来一个
柏拉图之恋的夜女郎惊愕
惊愕地投入色情的怀抱
错失的怀抱，弧光灯空照
命运的怀抱——弧光灯
空照：命运深处恐怖的爱

但它是命运深处的溪流
流经太多腌臜和贫乏
如此艰难——虚荣被逼迫
陌生的同情和胆怯的欲望
却要从加速的血液循环里
抽取力量，抽取纯洁
也抽取意志，将一个约定
变为约束：在那里恐怖是
爱的终结。而当人游离
随风逝，被幸免之戏塑造
成圣，着了魔；星座无情
会依然映照他晦暗的痛楚

*

自一种空灵还原为肉身
欲望又成为漩涡城市里
带锁的河流。垂暮的光线
牵扯不易察觉的星座
这偶然看见的看不见的
幻象浮泛向晚,在明信片
反光的景观一侧,被邮戳
打上了猩红的印记。当它
寄出,经由绿衣人准时
送达——绿衣人证明说
这是个幻象——是从幻象
终于获得的想象的现实

那么想象的力量在飞行
几只乌鸦返回了旧地
永恒从枯枝催促一棵树
一棵新树召唤着风。而我
沉溺的多重生涯里,幻象
壮丽暮晚的星座,令现实
之我,更加沉溺于想象自我
多余的感叹窒息了公务神
还要沉溺的是我的疾书
一半欲望托付给信,另一半
欲望,将纸上彻夜飞行的
笔划,交错空中飞行的笔划

*

局部宇宙，它大于一个
未被笔端触及的宇宙。星座
内敛星座之光。在我书写的
局部时间里，一个人抵达
局部圣洁，一个人神化
局部意愿。就像悬浮于
黑暗的球，朝向灯盏的一半
裸露，成为大于黑暗的善
如尚属完好的那一片肺叶
承担了我的全部呼吸、另类
书写、另一个宇宙、另一片
肺叶满布阴霾的充血和急喘

而另一片肺叶却并不多余
它几乎必需它的乌云和
殷红晚霞。局部的痛楚命定
因为终于要致命，要在我
背后，跟一个意愿秘密幽会
这幽会将带来局部复苏
一瞬间幸福、清新凉爽的
少许良夜、纸上诗篇的局部
完美。而完美即纯青，即
意义的空虚，被书写表述为
局部的死亡大于全体：终极
梦幻大于梦游者漫长的一生

266

或许我仅仅缺少我自己
我只捕获我灵魂的局部
局部灵魂掩盖着我
一件披风从灰色到荒芜
掩盖我书写的精神面貌
而那匹黄鼬大小的怪兽
出入其间，奔走于阁楼
奇怪地发出家神的咆哮
惊吓已经被催眠的儿子
它成为占卜师又一个依据
表明末日还没有来到
还在行色匆匆的路上

死亡则过早来到了纸上
它被笔尖播撒进诗篇
不止于某个灰色的局部
它迅速扩展为耀眼的白色
封住了呼吸的继续喘吁
黄鼬大小的凶兆之猫
被占卜师剧痛地刺穿了
眼睛，它的变形记更为
神圣，如弧光灯照亮
又一半黑暗。隐于黑暗的
仍然是我，厌恶、罪感
剧痛里每一种巨大的安详

现在你来到了命运的门廊
变幻之猫，黄鼬大小的星座之
异物。现在我也重回这门廊
它的纯青锈成了暗红。一阵风
轻抚，一阵风睡去。正午倾倒
烈日，淋透一个回首的幽灵
没有形象的丧失的人。现在
你来到你的炼狱，我来到一座
地上乐园。火焰蓄水池幽深又
清澈，火焰的喷泉残忍而激越
火焰是占卜师揭示的天启
令我的倒影是你的无视

令我的倒影是你被刺穿的
无视之眼，黑暗电击你
更为盲目，从门廊到厅堂
到我的阁楼，到鸟笼空悬
高窗哑然。在夜晚，你的皮色
混同斑斓的金钱豹星空，你的
猫性，负载大于宇宙的不存在
当我已不存在，你纵身一跃
依然掠过我的半圆桌。半圆桌
摊开那无限反转的中国典籍
请杀死我吧！这悖谬的典籍说
——要不然你就会成为凶手

1996

月全食

此行谁使然？
——陶潜

旋转是无可奈何的逝去，带来历程、
纪念，不让你重复的一次性懊悔。
真理因回潮

变得浑浊了。
向西的樱桃木长餐桌上，那老年读者
摊放又一本剪报年鉴——它用来
备忘，仿佛《逸周书》，
像卫星城水库坝上的简易闸。
每一个黄昏，当邮差的自行车
经过闸口，花边消息就抬高水位。
——"人怎么才能够
两次涉足同一条河流？"

*

宇航员驰往未来晦暗。他回顾的那颗
蔚蓝色行星，被昼夜、国度和
经纬线划分——迷信和反迷信，
有如奇异的物质／反物质，是世界观对称的
两个方向。"法轮大法乱了人心，
所以要怒斥和将它禁止！"

"地球可绝不是宇宙的垃圾站！"地球
也不会是
　　　　宇航员见过的
　　　　　　　　　厌倦的神。
地球只不过
　　　　旋转向未来。

　　　　　　　*

你不是康拉德，你并没有打算写
巡航于星系和更多星系的海洋小说。
或许你会是尤利西斯，被瞎眼的荷马
咏叹，被内心死去了抒情诗人的
半盲流亡者回味和哀悼，像月亮，
被一个没必要的夜之韵脚躲避或
否决，只好在浴缸里，反映最隐秘的
乡愁色情。当然，诗歌，
拒绝所谓的消息语言，却未必拒绝
邮差正带往简易水闸的晦暗消息。
老年读者是另一个宇航员，
在晚报预期的不可知未来返回死亡。

　　　　　　*

因此他也是尤利西斯，为享用
日常化塞壬的报导极乐禁闭了自我。

在僻远小区的黄昏里他推测，

又一个特殊的时刻将要来临。

《逸周书》特殊的天文学一叶，又要贴上

剪报年鉴，被圈以

　　　　　红蓝铅笔的双重

花边……"这么说水库又涨潮了？"

这么说消息

　　　　　正在由自行车递送过来？

你听见大扳铃当啷一响，你料想邮差

从蛛网穷巷奋力蹬上卫星城高地。

　　　　　　　*

但邮差却有他自己的方式……

他躲避烈日的黑皮肤树阴是他的睡眠。午睡多么漫长，
超过了蝴蝶的翩然一生。大汗淋漓间阳具在勃举。邮
差醒来。起身。冲凉。骑车出门去。他并不打算按规
程接近晚夏燠蒸发烫的地址。两个梦是两扇被光击穿
的巴洛克薄翼，从回想的天窗口淡入黄昏。

太阳偏斜得超过了限度，令新城峡谷愈见深窄。建
筑投射给心之镜面的现在只能是完全的阴影。邮差
略微移开重心，拐进更加细小的横街。他紧捏自行
车刹把的一瞬，感到有群星自血液涌现。玻璃残留
耀眼的反光。玻璃复述另一些幻景。字句从他的铃
声里掉出。那邮差不知道，一段私情将会在第几封
来信中了结。他经过开始上门板的绸布店，散发胖

女人辛酸的水果铺，来到了领口低浅的爱神发廊。
他紧捏自行车刹把的一瞬，感到有群星自血液涌现。

*

在递送中，字迹的确会慢慢淡漠。泛白的明信片，
或许将返回本来面目，实际上却已经转暗、
变虚无。
　　　　　几乎算涨潮了，那满溢的词语
接近表达时舌头被拔除，像夜之
浴缸，橡皮塞月亮被老年拔除。
——漩涡在落水口上方摇曳。他的一条腿，
跨离了肥皂泡沫的废话。而所有漏掉的脏水
废话，开始在读者的消费里生效。"啊晚报……
晚报是一种生活方式！"他揩干另一条
多毛的腿，迈出铺张的搪瓷堤坝。他能否
迈出——月全食之夜的大面积反光？

*

"好像又一个炼狱故事……"当诗还仅仅
是一个题目，当诗人不小心把题目泄露给
特约通讯员，女崇拜者的嫩豆腐嗓子，
在留言电话里拌上了青葱。你大概
想起她，公司里染发的电脑打字员，
时不时闲览，要么自云端

俯瞰对街的深渊旧里弄。而在她
揣一本《转法轮》的 ELLE 提包里，
三只避孕套围绕口红像一组卫星，
紧挨着预告天象的剪报。她是在赶往
观察广场的途中拨弄手机的吗？
"……梳妆台镜是我的月亮。"

*

有时候报道是一种召唤。爱月亮的市民
也爱着科学。他们聚拢在观察广场，
他们要仰望《逸周书》也许暗示的
红铜色。他们见识了被唤作
本影的来自无意识大地的黑暗，
唤醒的却不是柏拉图出名的
洞穴之喻。"这并不妨碍对那个
永恒理念的认定；——这同样不妨碍
一个人对其月相的背弃。"

　　　　　　　　　　　宇航员想绕到
命运的反面：他经历得更短，但是更
猛烈。他总是有双份的纪念和懊悔。

*

"……嫦娥是我的镜中幻像……"
月全食则是她开启腿间简易水闸

273

最近的刺激。啊最近的奇痒，

令一个诗人必须为无眠写下失去照耀的

篇章，令一个邮差必须下坡、冲锋又

重返，令老年读者的脑毯上绣满了

报道之塞壬的大裸体仙姿，令打字员逃离

横穿观察广场的翘首，奔向某一电话线端点。

"这其实是反光的一个背影，是这个

背影的反光之夜……"在爱神发廊

嫦娥关闭腿间的造币厂，正当

月亮，把一个黄昏还给卫星城。

*

那么这已经是下一个黄昏。她在你怀抱里

庸俗又可贵，就像上夜持续却不能反复的

月全食。你手指的天文望远镜抚慰，

是否可以从皮肤的细腻和黝黑之中

打量出一个敏感的人？那也许被唤作

灵魂——却因为肉体的触及方式

震颤呻吟的红铜色部位。而你的航天号舌尖

舔蜜——你尝到的滋味，是否就是

老年读者在涨潮的晚报里被塞壬最高音

诱惑的滋味？电源几乎是同一粒阴核。

她打开你写作的升降装置，或者她关掉

邮差发烫的震荡器之月，为一种隐晦长明的灯。

通向按摩室的秘密途径靠烛火照明。在拱顶上，向下探出裸体的仙女只提供半只石膏乳房。翅膀。葡萄藤。肥皂的紫罗兰香气扑鼻，好象云彩中真会躲藏着怀孕的母龙。里面，屏风后，一盏麻将灯突然掉落，透进西窗的晦暗之光又像扑克，摊放在孔雀蓝印花床单上。仍然黄昏。有人打哈欠。现在已经能看见月亮了。美容师嫦娥会带谁进来？——被送达的可能是一封红信。在途中它正褪成玫瑰信。当然也可能它是粉色的，包藏着写信人夏日凌晨的顽强情欲。那么它将朝白色挺进，抵达牛奶、精液和白日梦。而收信人手上总也甩不开另一种白色，洗发香波那夸大的泡沫。但愿那不会是一封黑信，所以得赶在入夜前送出……邮差醒来。这已是第二次。从领口低浅的嫦娥怀抱里，他休克的头颅枕放的地方，一个句子在记忆闪回的画面中成形——他紧捏自行车刹把的一瞬，感到有群星自血液涌现。

那么这只不过又一个黄昏。

那么这黄昏可作为附录。

月亮是唯一毕显的星辰，其余的仍只是夕光之海的水下汽泡，要浮向一寸寸收缩的夜。收缩中一个人疯长的脂肪，漫过了浴缸的警戒水位线。

"我的日子，不就是一块废弃旧海棉烂湿的日子嘛。"
整个夏天，她都得浸泡在店堂暗处刺鼻的药液里。
他丈夫从一堆瓜果间探头，将看见邮差墨绿地眩晕，
投递出一封也许来自命运的挂号信。
"而肥胖症。甜腻的肥胖症。我几乎能听到我体内
云絮化雨的声音。像熟透的桃子，我经历肉的所有
月全食……"
邮差则经历内心的锈蚀，如一副英雄世纪骑士甲胄
的氧化史诗，制服上板结消逝的盐。眩晕。他多少
回倒向了美容师嫦娥。他紧捏自行车刹把的一瞬，
感到有群星自血液涌现。

                              *

诗黄昏之后，并不紧跟着
月全食之夜。"但夜晚的戏剧会
更加具体、清晰，有更多的侧面和更
空心的主题。"此时打字员
全身心在她的健盘上复述，仿佛仍然，
词语的投影抹煞肉体和意志的光泽。
"但愿我甚至在你的附录里……"
而你是旋转中又已经逝去的一段流光，
或卫星城水库里倒映的满月；篇幅只留给
递送的绿衣人、樱桃木桌前想要把
《逸周书》接续的读报人。附录中嫦娥
又飞临闸口，嫦娥很可能是你的塞壬。

*

于是，在梳妆台镜虚幻的深处，

一盏长明灯熄灭的可能性，也许被

探测器触及和捕获；一张脸

易容，她欲望和诗情的歇斯底里，

也许是宇航员孤寂之必然，

是月全食之夜真理的浑浊性，

是你，或老年读者，从象征的《逸周书》

找到的又一个也许的象征。

诗句会涌现于卫星城上空吗？

当众天体涌现于邮差流速加剧的

血液，当有人写下的

               仅仅是不存在。

*

当你已不在乎诗句是否成其为

诗句；当所有的角色归一，

你是包括你在内的你；倚靠坝上

一株垂杨柳斜耸的肩，

或凭栏叹喟，你无意识到

众星迁移故世界

            存活着，

故旋转是无可奈何的神圣。

你听见大扳铃当啷一响，你的心
刹住车，——消息的送达是
小小的死亡，是一次死亡！
月全食备忘在剪报年鉴里。

1999

序曲

> 一天破成了小小的碎片
> 成了我们所说的语言
> ——奥克塔维奥·帕斯《寓言》

> 可怜的时间，可怜的诗人
> 困在了同样的僵局里
> ——卡洛斯·德鲁蒙德《花与恶心》

唯有开幕式足以翻新八月的检阅
他异于原先的排练套路，没摊开总谱
也没穿制服，也没戴臂章
他当然不能是手挥的确良军帽的模样
叼着烟卷的嘴唇，绕以上缘弧度修成半月的
D大调灰髭，似乎在咕哝：眼力和表现力都不是问题
他厌倦了早年的某种音势，比如

压在一个人心头的云阵
也压在每个人心上
半圆丘上的日出景象
也是他梦见的景象

他也看见过喑哑的树林
听到过风声
让身形有如晴天的歌手

在积满落叶的空地大踏步

他的歌唱家正奋力穿过即将迁址的古玩市场
更早的时候，那儿叫鬼街，还要早，是坟地
从人们的喧嚷，辨音者能找出来自好几个世界的嗓子
不同的声腔有不同的神灵，接受不同的观念香火
而一场雨，很可能全都将它们浇灭。嘈杂
不影响回荡胸臆间烂熟的滥调。那么

　　　是谁被允许说出幸福
　　　在工业腐蚀河流的桥上，是谁
　　　被允许梦见最初的星
　　　大地内部青春的钻石

　　　……那永恒的女性
　　　指导和引领，胸中蕴含
　　　诗篇的火焰

不难想象，神迹剧也有个庸俗的开幕式
从九条环线的几乎每一层，各路角色涌现
齐聚绝对的中心。一方矩形的花岗岩广场
曾遭反复血洗，微凹仿如古砚，迫使智囊团
提议：真要书写历史，那就该在此饱蘸
舔笔，哪怕只是到每一处旧地画圈
在圈里写上严正的"拆"字。方士们却往往
运用拆字法，以至倡导了反手掌掴的批评方式

尤其自我批评的方式……正式吹奏前，夸张的铜管
草率地反射云缝间泻出的夕阳赋格，直到暮色
闭合，荧光指挥棒，朝虚空连续划出无穷大

　　……黑暗如此亮丽，遮覆了纪律
　　荒废的边缘。谁把意志比喻为
　　大鹰？谁在此夜又描绘这下降
　　这栖聚，这合围，这突然的进入
　　反复的摧毁？看一轮温柔的新月已
　　高悬

　　　　看月下的火车锈成了红色
　　构筑剧情必要的背景。禁闭的大都以外
　　浪费的钢铁滩头，谁梦见女主角
　　自上而下？完美的裙幅，提引
　　黎明的水波和海景，完美的腿
　　暗示紧密团结的核心

　　　　　　　　玫瑰！哦器官！良夜
　　即此时

此时应该高八度。此处应该有掌声
但他还想要一记定音鼓，尽管他烦躁，不让
低智能冒充天才……而他的歌唱家仍在途中
跟传达御旨的属臣反向，一会儿左手推开，一会儿
右手推开，企图从全城拥堵里辟出新路，赶紧突入

中心演练场——嗓音强有力清澈的人，遇到阻拦
就指一指胸前闪闪发亮的特别通行证
就畅行无阻，就一直前往。没有人能够这么顺当
但需要扒拉的人群是那么多……一道只准口传的指令
在交通管制时段，靠与之相对的属臣的挺进
也难以抵达

      良夜却已经落满了矿井
    一样的华光在谁的上空？苦难期待着
    闪电——谁在流亡中获得启示？谁在星下
    吟诵第一歌？当唯一的激情
    从桥上下来，就像西风

    要收割季节——是怎样的一次祝愿
    在被迫的放逐里？是怎样的一次刺痛
    在晕眩的最深处？谁预见一生又盛赞新人
    凭借一个词超凡入圣，变成了领受和
    上升的英雄

来不及反转，那就反讽。他甚至不屑这曾经的戏仿
为什么不能从二流样板飞流直下呢？为什么不能
再糟糕一些？悦耳这种好的故事谁没有听腻味
谁就不会（不配？）被认作最优品尝家……之一
塔吊拎他的指挥台上天，忽悠直到五彩云端外
视野一下子全方位醒豁，全方位寒冷，呕吐于
恐高，时而被遮蔽。他早年的面具得以分发

交给了每一个作为观众的临时演员
穿着纸尿裤，对每一餐盒饭荣耀地挑剔
为了翻动——在另一个和弦里又再
翻动——组合编织罗列连缀整齐划一的
缤纷几何形，服务于大国奏鸣的仪式
呈现，又一幅炫目的拼贴图景

　　蓝色河岸是一个梦，上面奔走着
　　夸父和刑天。红鹤与黑鹤突然飞临
　　像一场雪，玻璃步态是清晨的露水

　　天上的神灵泪流满面，歌手思念
　　清凉的林带，岩石之手敲响疏钟
　　震荡惊奇，面对生命的蓝色河岸

　　河边的卵石是歌手的卵石，上面凝结
　　天廷的悲哀，鱼鹰和日出同时飞临
　　像一支歌，他的目光是清晨的露水

　　蜂群开始飞舞，阳光和歌声有如花朵
　　只有清晨，他才呼吸，他才坐在
　　蓝色河岸，感受天上的神灵之雨

配之以缶，配之以绝不让电视台转播失败的灯光效果
一幅长卷也将展开，那就跳进去看个小电影
在镜头的推移、转换间俯仰，或凌空立定

不让自己从摘星辰的指挥台坠落

他不会去演义图穷匕首现，锋利地捅、刺

割谁一道……这气概和必要性

让给了寻获与之般配的灵魂的渴意

——以狂飚节奏演进的中途却绝不让喝水

而中途醒来的人生，要以宣言有意去演砸

从演砸里挽回演砸的大戏

仙女们

绿发和白银的眼睑，乳房

腰，以及尖叫，穿行在

月下弃置的车厢。她们

受了伤害的鸟群，围绕着

聒噪，拍打又盘旋

她们夜半的盛大宴席

还没有结束，还没有

结束——当有人滞留在

火车集散地迷失又醒悟

当工人口含警笛，到机器

废墟，交换低于语言的

口令：物质之光、丝绸

铜矿石……仙女们继续

她们的夜晚，色情和葡萄酒

侵入了细瘦街巷的杜鹃

284

肉体交换灵魂的大火
石榴和石榴绽开了珍珠

然后轮到了敲打和扭摆，为此还招聘了
好几个马戏团，功勋杂技艺术家登台，贡献斤斗云
驯兽师用翅膀，拨弄竖琴健硕的弦，听上去就像
高唱着铁栅，铁栅和铁栅，割裂又隔开

哦铁栅，铁栅，哦铁栅和围栏
是谁徘徊在它们面前？看见仙女们
到旧铁路纵横的花园里裸饮
沉醉于仙女们呼唤春之蛤蟆的音乐
一只鲜红的天鹅降临，加入禽兽的
晚会，复杂的工业里丰收的场景

肉桂怒放欲滴，谁有幸获得
星辰的一击？谁得以跨越
从一重梦境进入另一重
相反的梦境。夜莺，青鱼，豹
它们隐晦的身体寓意在仙女瀑布下
在歌唱的新月纤弱的光中

追光将追打到旧商业区，到那里期待他的歌唱家
而且剧情已经到点，是时候了，时间到了
是石头决定开花的时候了，时间到了，请快些
是心脏躁动不安的时候了，时间到了，请快些

是全城宵禁唯有反恐坦克轰鸣的时候了，时间到了

请快些。流浪汉甲和流浪汉乙，却还要慢吞吞

等在一条乡间路边守着一棵树

无聊就用二人转扯淡。现在已经迟到了很久

是时候了，时间过了，他的歌唱家今晚不来了

而那个属臣，被深陷在喜迎和欢腾的群众泥淖里

仍在扒拉，仍不能抵达，不知道御旨早已经废弃

他上缘弧度修成半月的 D 大调灰髭越来越走形

就像气候，越来越融化掉自带乐团的云的仪仗旅

要是暴雨将淹没大都，那就来它个橙色预警

要是因雾霾摄像师转播得一塌糊涂，那就来它个红色预警

要是智囊团甲、智囊团乙也接到通知说今晚

不来了，那就来它个蓝色预案

让一只小兔一个小姑娘假唱着吊威亚慢动作飞天

用一个事先合成的视频，朝冒充的未来假装着张望

又再一次张望——投射到人之汪洋掀起的波澜大屏幕

巨型剪影，以两块燧石，打着了凭空悬浮于夜半的圣火

2016

辑四　地方诗

成都

青沟子踏上了青鸦鸦征途……当时拗性
恼火，展开地图找不见自身在哪个位置
有几个抓狂就去偷书看，遇见蜀犬吠日
就去锦江畔，要么竹园茶肆，踏龙门子
摆龙门阵，豪华的口腔边是胖胖的蝴蝶

龟儿子曾经超龟速绕城跑，胸臆间勾勒
充壳子自我。八阵图里八卦最遗恨，最
打翻天印，入武侯区领事馆路 4 号遭罪
得罪吃罪，醉眼不见孔明，就驴唇马嘴
被吐槽，被吐出，又何至呕出心乃已尔

女娃子说不定更爱长指爪，然而抽细烟
混阵仗，赴苍蝇馆，跟苏东坡的朋友们
剖腹抒情，扯谈扯疯，扯九尺鹅肠痛陈
就不止缠绑了地球一圈半。潲水油烹饪
太谷里洋盘，毒奶羼拌辣素花椒养成的

铁胃，或许能反刍，能消化红浪间罂粟
泛起惊爪爪。撇脱川普，簧舌就飚音速
就在盆地深奥的火锅底开涮，运箸逐兔
以为逐鹿——探手锦囊抓阄，无计亦无

诗，唯示意接着吐，去敷衍谁家红泪客

不忍过瞿塘

砂舞厅再探手却只剩摸阴囊

指尖打启发知识考古，拈几粒金沙渺茫

就幻执于防空洞前世的金河……亮堂堂

倒映间旧时光片刻安逸，恍兮惚兮无限

娘老子早已不游泳，一回想曾经遭风浪

就埋头洗骨牌，嘀嘀咕都成，爪子都成

而所有的爪子是同一个爪子，本地诗人

讲圣谕，轮回泪满襟，参访草堂又做甚

当乌天黑地，夜长翻跷，怎晓看红湿处

2020

【注】

[4行] 龙门子，四川话，院子大门的意思。

[5行] 豪华的口腔边是胖胖的蝴蝶，引唐丹鸿《闷热》。

[7行] 充壳子，四川说，说大话，吹牛皮的意思。

[8行] 打翻天印，四川话，学生或徒弟背叛师门，反过来攻击老师的意思。

[10—11行] 呕出心乃已尔、长指爪，参李商隐《李贺小传》。

[12行] 苏东坡的朋友们，参李亚伟《苏东坡和他的朋友们》。

[15 行] 洋盘,四川话,洋气、拉风的意思;又上海话"洋盘"为不懂装懂出洋相吃亏的意思。

[17 行] 惊爪爪,四川话,大惊小怪的意思。

[20—21 行] 谁家红泪客,不忍过瞿塘,引李贺《相和歌辞·蜀国弦》。

[23 行] 打启发,四川话,揩油,讨便宜的意思,原指旧军队对百姓的劫掠。

[27 行] 爪子,四川话,什么,怎么的意思。

[28 行] 所有的爪子是同一个爪子,仿欧阳江河《悬棺》各章第一行句式。

[29 行] 讲圣谕,旧时在茶馆或街头等搭一高台并供"圣谕"二字,讲者在台旁宣讲因果报应或劝人行善修德(参蒋宗福《四川方言词语考释》)。沮满襟,参杜甫诗《蜀相》。

[30 行] 翻跷,亦作犯跷,四川话,事情发生与愿望相反的变化的意思。晓看红湿处,引杜甫《春夜喜雨》。

东京

"皇居上空没有云。就像它地下没有地下
铁。"然而雨人每天都激湍，都汇流急行
都快速或潺缓于各自的各停，无论在 JR
无论在新干线，无论西武东武子遗武士道
干枯标本的湿漉漉的花瓣

                ……自我轨道的
气旋茧网间，风暴眼之蛹被缠绕，被疏离
唯见那宁静的导游致远，挥舞小旗指挥
斜穿卸苑，引观光客看过去——护城河里
锦鲤正展示电玩多姿、塑料的优雅和明媚

蔷薇刑设计成诸般株式，社会性的蜜蜂们
飞来飞去，组织会社，加班忙碌后加班振
翅，OK 拉卡就卡拉 OK，就嗡嗡唱，就去
居酒屋無休，醉里挑灯受阻，梦回六角形
巢脾的晦涩谷底新宿至新黎明，又忆起
超克之轮，辗压高架桥幽处的旧防空建筑
隆隆响震，激发持续做多的意志

                屏风那边
外号自外于一切美好天气的雨女隔着世潮
悠然听爵士，听听罐装麒麟相佐，狩获她

自我。某个远处，她又说，这不祥的即将

消失的名字，已经注定——侧耳，却还

听不大真切……是否游技机的钢珠哗然

水银般倾泻西装雨人，拥挤向押上晴空塔

押上了环顾一生的视野

        相对的仍会是雨女

无所谓押上韵，但句尾押上了动词沉默

一点点剥下语言的瓷砖。当地下铁居然从

云层钻出，桃花水寂然无声却充溢天空

她自嘲地笑，自更高的正北方位带着叹羡

伫足看郊原，孩童们攀上攀下报废的飞机

2020

【注】

[2 行] 急行，东京轨道交通用语，只在主要车站停车
的意思，类似于"大站快车"。

[3 行] 快速，东京轨道交通用语，比普通要快的意思（停
站较少，但比"急行"停站略多）。各停，东京轨道交
通用语，所有沿线车站都会停车的意思。

[5 行] 湿漉漉的花瓣，参庞德《地铁车站》（"人群中
这些面孔幽灵一般显现／湿漉漉的黑色枝条上的许多
花瓣"）。

[14 行] 無休，日文，不休息，不停止营业的意思。

[19 行] 雨女，东京的女诗人财部鸟子的外号，据说她

293

每有动静，天就会下雨。这首诗为纪念财部鸟子而写，她于 2020 年 5 月 14 日因罹患胰腺癌去世，享年 88 岁。

［20 行］麒麟，麒麟牌啤酒，日本麒麟公司生产的世界性品牌啤酒，是财部鸟子爱喝的一种啤酒。

［21—23 行］某个远处，这不祥的即将消失的名字已经注定——侧耳，却还听不大真切，引财部鸟子《落叶》。《落叶》是财部鸟子 1994 年与我的连诗《一年之翼》的第四首诗。

［28 行］一点点剥下语言的瓷砖，引财部鸟子《冰封期》。《冰封期》是财部鸟子 1994 年与我的连诗《一年之翼》的第五首诗。

［29 行］桃花水寂然无声却充溢天空，引财部鸟子《天鹅》。《天鹅》是财部鸟子 1994 年与我的连诗《一年之翼》的第一首诗，她在诗后自注：桃花水，春雪融化后的水。

洞头

海岛女民兵匍匐前进……在弄堂正午
在过街楼下收窄的阴影里。竹凉榻上
瞌睡被歼灭，矿石机继续作为炫耀
从云天接收来自云絮的男中音絮叨
要到下一回小说连播，微型发报机
才会惊现于刘阿太那条蹊跷的断腿

要到下一个暑假，革命京剧的梵婀玲
才会奏弄西皮流水，才会用一串串
朝天边空翻的怒涛斤斗，演绎同一个
反特故事；又要再过一个学期，西区
一枝花，转行的刀马旦（你有意绕道
好趋近她家凸窗前张看）才去下生活
才晒黑自己，彩色电影里扮成了海霞

沿着另一条别样的岸线，你得以见识
依稀记忆里未曾被想象的诸多事物
用炸平的山，拆掉的祖屋，用荒坟
墓碑，甚至用电闪雷鸣夜疾冲出轨的
闷罐火车，填实的大陆被推得更远
岛屿拼接岛屿，为造新梦吞噬旧风景

攀上望海楼，沧桑史就奔来你眼底

穿过娘娘庙守护的岩洞（仿佛去踏响

孩童时光的弄堂阴影）你却并不能

返回当年，或步入遗世忘机的洞天

如此你来到她们的纪念馆，驻足细察

摆拍照片里她们放哨，灌木丛中埋伏

半跪于礁石练习瞄准，架炮，打飞机

飒爽英姿的美学之余，她们也织网

波光粼粼间也因摇篮曲柔媚着眉眼

——你想起她们尽管一并随照片褪色

渐渐泛黄，模糊黯淡，莫须有的刺点

倒反而突显……尤其当你告别了她们

堤坝侧边，又遇见少女们武装学擒拿

2017

【注】

[6行] 刘阿太，黎汝清据洞头女民兵事迹所著长篇小说《海岛女民兵》（人民文学出版社，1966）里的美蒋特务。《海岛女民兵》曾在六七十年代电台的小说连播节目播出，又被改编成电影《海霞》（钱江等执导，吴海燕主演，北京电影制片厂，1975）。

[13行] 海霞，长篇小说《海岛女民兵》及电影《海霞》女主角。

杭州

拖着一拉杆箱互映的漩涡，漩涡
转喻着一次次兜转。当杏脸迎上来
酒窝仿佛豪华浴缸底稍稍抬起了
金属塞晶亮，渗漏浴盐搅混的一池
水，泡沫时光也婉约，肖形真时光

说不定在心头一路叩长头，说不定
是返喻，眼波的明灭像一种无意识
捕风捉乱花，到绿杨阴里白沙堤
盘桓，已稍迟，倾情于向心力仅够
回盘，却无从以五体投没进自我

一辈子必得有那么一趟，你知道
凭出错的明喻，你必得转山般萦绕
湖之镜，像围拢一餐火锅，撩拨
把倒插入镜中幽深巅顶的一株仙草
盗取给人们。而人们骑在这星球上

说谎，染绿这杯水的肉身……所以
你想，别管那谐喻，这相悖的朝圣
一定会抵达热爱效颦的红尘之美
又何必笑娟，啸侣逍遥，又能不能

校对好尝试着用新诗承接三变的

酩酊乌托邦？柳浪即言志，乘醉
听箫鼓直至闻莺啼，阴帝之花湿处
泪雨逗溅开两三点曲喻。补天石
遗此，未及补缺自天堂穹窿投下的
反影，哦虚拟的遗产，虚拟的形胜

那么你和他齐偕，然而并不着四六
穿越至往昔的野人村残照，见野人
小野人忙忙乎琢磨着比喻的玉卮
今宵酒醒何处？行李间滑出的游客
正呕吐。正跌荡，沐洗一轮假日

2021

【注】

[8行]乱花……绿杨阴里白沙堤，引白居易《钱塘湖春行》。

[13行，15—16行]像围拢一餐火锅，人们骑在这星球上说谎，染绿这杯水的肉身，引张枣《西湖梦》。

[20行]三变，有天运三变、禾之三变、君子三变、周公三变、不肖子三变、文章三变、古诗三变诸义，亦为柳永原名。

[21—22行]乘醉听箫鼓，引柳永《望海潮》。

[29行]今宵酒醒何处，引柳永《雨霖铃》。

京都

广告汽球挂在云的唐破风边缘
游客从金阁寺乘车往银阁寺
204 路上遭逢一个京都日本词
——中華思想——其意上海人
最能够阐释

庙宇和神社过剩
巴巴多斯小伙子瞠目于国宝展
啥都没得看。跟他一样赤裸着
臂膀，在加勒比海域，他父亲
？是否曾抢劫一队金枪鱼钓船

此时他又上金枪鱼料理屋练了
小内返，以初学的柔道，到
点评网吐槽果然是黑店！厚子
或敦子故打伊妈撕～～，鞠躬
掬起一地碟子和杯子

上海人路过
连说嗦弗消……拐进白沙村庄去
连诗，去去年今日此门中，一间
供奉人形的茶室——煮字開催中

滚沸陶釜底半粗的豆腐，一小片

翻腾却是在京都駅那边——星盘
飞旋，抽象其间的尺度量不尽
天马的步武；人的亲潮和黑潮之
新干线，再加小田急、阪急乃至
宅急便，扭紧了时钟漩涡的发条

风暴眼中心更憋着内急，碎步于
花见小路的歌舞伎扮演者，扮演
任你照相的任何风雅。歌仙们
凑成了三十六佳句，急降型口音
厕所里舒缓——舒缓地按键，启

动……水流激冲的那股子加速度

2017

【注】
[4行]中華思想，日文，一种民族主义、炫耀自国的思想，
引伸为自我优越的态度，视四周为落后而蔑视之，据云
以往京都人之于外地人颇多此类。
[14行]故打伊妈撕，日语敬语"ございます"的音译
（谐音）。
[17行]嗦弗消，上海话，吃不消的意思。
[18行]去年今日此门中，引崔护《题都城南庄》。

［19行］人形，日文，日本木头人偶。開催中，日文，举办中的意思。

［21行］京都駅，日文，京都站。

［24行］小田急，小田急电铁株式会社经营的轨道交通。阪急，阪急电铁株式会社经营的轨道交通。

［25行］宅急便，大和运输株式会社的宅配服务，借由各种交通工具的小区域经运系统，经营户对户小包裹的收取配送。

旧县

凑近细看，你就会深嗅
自幽谷升腾涌凝云的骨朵
也都是凝意骨朵的小拳头
擂响了一面芳香的天气

循径幻入画图，神游往
你就会眷仁，叠嶂重峦间
藏踪的又一村，金银丹桂
映上月，月下笼于中秋

没有谁猜对谁摹写此境
在怎样的往昔，怎样的风
穿堂，乱翻茅草庐半卷的
册页，吹皱酒盏茶碗里

收摄着纯山真水的倒影
一棵耳中巨树喧哗，摇曳
灯烛光，吴刚无限地挥舞
玉斧，却将夜夜心越剪

越明亮。你忆想那时候
油壁暗红还未曾刷新，旧

还未曾简化为一日，立轴
高高挂起，诡奇如空镜

照见世事转移人物苍黄
唯河汉梁津摆放星斗残棋
与时局僵持。烂柯从天外
掉落，引来的笃班的笃

通俗演义的一声声鼓板
声声慢，郁酿进母语温软
说徐霞客途经，顺流划桨
黄大痴念念梅干菜烧肉

2019

【注】

[24 行] 的笃班，清末在浙江剡县一带的山歌小调基础
上吸收绍剧等剧目、曲调、表演艺术而初步形成的一个
戏曲剧种，进入上海后称绍兴文戏，1942 年起改称越
剧。桐庐旧县的笃班颇盛。

莫斯科

加加林更加像一枚箭头——他的造型
被火电公司喷涌推力的蘑菇云烘托
更加探向真理的虚空！其余的出故障
都缓缓落下来……

 惊叹号很可能也是
问号；他罹难的谜团，很可能也佐证
他曾经遇见或里通外星人。契卡意识
克格勃猜想，很可能也早已放诸宇宙

面对漫天雪，你是否回想北大肄业生
在赤塔，零下三十度，去大厦房间里
撬地板生火，抗拒极寒和心灵的颤栗
终于来到了革命发源地。某一天下午
克里姆林宫，梦幻般握住弗拉基米尔
伊里奇之手。而诗人正唱哀歌，出版
第二本书，采访阮爱国，兼及片山潜
那共产国际的中国同志却买了三等票

蒸汽机头前，告别了出语讥诮，神情
不耐烦，返程路上唯携有劣质黑面包
九磅。终局，埋没于纬度更高更冷的
墓地

如今，谁再来？二道贩子或诗歌
教授；要么，你，机舱里旧电影又见
瓦西里，落地后发现塑像们全毁容
要是你展读一幅地铁图，钻透地幔朝

地心深入，猜测神曲结构跟地狱相套
经过了马雅可夫斯基站，普希金站
找契诃夫站找屠格涅夫站，以及稍远
陀思妥耶夫斯基站和莱蒙托夫大道站
并且不忽略，共青团站，无产阶级站
你就能设想天灵盖上方的呼啸轰鸣间
有仍似当初的狗拉雪橇仍忙于穿越
模仿者被拉往白银时代，一处处瞻仰

故居和纪念馆，含泪写下长长的留言

2018

【注】

[14—15行]哀歌，第二本书，曼德尔施塔姆出版于
1922和1923年的诗集名。他曾在莫斯科报道阮爱国（胡
志明）和片山潜（日共创始者）等。

[23行]瓦西里，苏联故事片《列宁在十月》（米哈伊
尔·罗姆导演，1937）里列宁的保镖。《列宁在十月》
1950年由东北电影制片厂配音译制，曾在中国大陆广
泛持续反复放映。

南京

星之芒映在棋盘上，戏弈之间隔着
扬子江（或许秦淮河，春水浸淫后
朱漆画舫更颓荡）两个影子正思索
如何把对方将死

         将死的曾经是炎夏
棋谱像热气球升至半空。且当云散
凤凰台移晷拂掠老城墙、大明宫址
僻静小区三五个院落晾晒的白床单

罩向燕子矶，一个俯瞰皮带输送机
勃起的黄昏，煤炭喷射进铁皮驳船
光阴的记忆也变构紫金山，变构了
上帝次子第二的马后炮

         马后炮绝杀
总统府，展览其中的天皇殿，显出
两江总督惊溃，而仪凤门外静海寺
三宝太监迷踪，无人会，城下签约

致雨花台边凄雨——革命尚未成功
携往新亭的玛瑙石如泪……又有谁
揭去陵寝头盖骨，却又神叨叨神道
彷徨？弃子保车

车胎辗顾人间正道

从苍黄到沧桑，到怆惶中沦入历史

泥淖，沉陷，一轮轮大屠杀一层层

深化的白骨地狱！相反的幻景凌腾

叠加现世繁华，鎏金塔泯没，隆崛

琉璃塔，第一塔堙替，怎奈打结于

立交桥转盘捉急的过客，一步一步

拱卒

卒卒遥见玻璃巨塔骇人地兀立

仿佛特别研制，亟待点亮自我顽鲁

冲撞阴霾天花板粉身碎骨而缤纷的

火箭。焰幻之夜，同一局残棋耀眼

2020

【注】

[12行] 上帝次子第二，洪秀全自称上帝次子，孙中山
自称洪秀全第二。

[17行] 革命尚未成功，引孙中山 1923 年在中国国民
党恳亲大会上的题词（"革命尚未成功，同志仍须努力"）。

[21—22行] 人间正道，苍黄，沧桑，参毛泽东《七律·人
民解放军占领南京》。

纽约

结构里有一个结构的结构，十重乘以
十揭开是破门罪扩展向十方十字路口
时光坎普当时代正普波，抽签你登临
女神像冠顶。地质的玄武岩蒸腾气化
精神结晶体附体春之月凸垂的球面镜
霓纠爆乳的烟霞也缭绕过摩登摩天柱
何止坍塌后攀升起蘑菇云陡峭的色情

解除凶兆？那是梦，那是梦露尖尖角
蜻蜓立上头出名了何止十五秒再加冕
新冠之新冠。因为，每天都是另一种
眼界，试探着去把往昔打量。从地壳
到地幔，地铁的钢锯琴不舍昼夜，不
惧，割裂交叠褶叠的稠叠，叠韵叠漏
喋喋：有多少更严重的危险来自巧合

雨总是下得瞒天过海。勒纳佩人安在
在六十荷兰盾出手的曼哈顿又曾措手
在双子楼赝景下把握伞柄间枢纽隐约
通常通勤，你大都会乘以大都会捷运
躲逃打赌会撞到的劫运，改名换姓又
改头换面你还得戴口罩，仍不受待见

还得要闪身，闪避闪电，却闪拨了9

11，被雷霆劈空的劫数震惊——航班
11号撞毁了两个1——金属翼裁划的
多少个黎明，海鸥的翅膀波荡间盘旋
蘸取寒意又环转的身姿也一样已自裁
认栽于从高处攻击他人的人……脆断
或干脆跪断呼救的呼吸道，要么熔断
一次一次，致命的非常道，致使群众

为被膝压的视频和世界将无名火延烧
从布鲁克林大桥闯入下东城砸烂苏荷
那是十二怒汉，传染横暴病毒的武汉
莽汉，流浪汉，绝对的真汉和天真汉
其中有否当初那伙人？横过布鲁克林
渡口：那个单纯的、紧凑的、连接得
很好的结构，脱离也仍属结构一部份

你忆起一家最热门的冷门店，洗手间
杜撰风尚，泉涌观念的激昂，激刺且
激化小便器鼎盛的现成品冰块，破碎
汽泡的黄金尿液，浮现铸铁工厂之粗
车床装置摊开了报纸声援声明的声势
浩大至波澜壮阔……以及星期天早晨
你猜测：必定有神性活在她自身之内

她穿着香奈儿五号凭窗看见你，要么
隔三个街区，凹陷进中央公园的幻境
你看见她穿最别致的衣服，抽身返回
哈德逊河畔栖身的宿舍，哪比林语堂
还要出风头？要么她俯瞰同一段流域
七十而踰矩，从顶层大屋她的失乐园
从水面向高空，据说，重建自由女神

2020

【注】

[10—11行，14行] 因为，每天都是另一种眼界，试探着去把往昔打量，有多少更严重的危险来自巧合，引奥哈拉《死亡》。

[24—25行] 多少个黎明，海鸥的翅膀波荡间盘旋蘸取寒意又环转的身姿，引哈特·克兰《桥》序诗《致布鲁克林大桥》。

[26行] 从高处攻击他人的人，引苏珊·桑塔格短文《强大帮不了我们的忙（Unsere Stärke wird uns nicht helfen）》。

[27、29行] 跪断、膝压，这两个词都来自2020年5月25日美国明尼苏达州一名黑人男子遭遇暴力执法致死事件。

[34—35行] 那个单纯的、紧凑的、连接得很好的结构，脱离也仍属结构一部份，引沃尔特·惠特曼《横过布鲁克林渡口》。

[40—41行] 声势浩大、波澜壮阔，引毛泽东《支持美

国黑人反对种族歧视斗争的声明》(1963 年 8 月 8 日)。

[42 行] 必定有神性活在她自身之内,引华莱士·史蒂文斯《星期天早晨》。

[45—47 行] 穿最别致的衣服……比林语堂还要出风头,引张爱玲《私语》(原句为"我要比林语堂还要出风头,我要穿最别致的衣服……")。

[49 行] 从水面向高空重建自由女神,引哈特·克兰《桥》序诗《致布鲁克林大桥》。

普里皮亚季

巨鼠占据摩天轮高位俯瞰着列宁
距离游乐场并不太远，那主导的
手势，煽动的手势，甚于蘑菇状
浓云的石雕，仍以闪电作姿态
用霹雳化离世界往昔的最后一季
度过了蜕变天气里恒常的又一季

苔原狼入室，迟疑，探究更高端
穿越电视台真理直播间。一体机
监控器侧边，要是录像带能够
继续，运转的速度能坚持理想
旧未来投影，会否激活灰烬死寂
夜正熔毁，一个不曾泄漏的消息

鼓舞孩子们奔醒新未来。红树林
嚣张，搏噬冲击波放射风马牛
植物绞杀危楼和纪念碑。绿蜥如
塑料，绿蜥的意志永不被降解
冷血充注各级委员会废弃的决断
而在委员会犹豫的上层，女主人

毅然跨出铁浴缸大坝，翘臀丰硕

湿漉漉，经过客厅时暗生长颈龙
延异的尾骨。当她脖子的眼镜蛇
蜿蜒，锥形脑颅，从阳台探测
反向炼狱山漩涡的深底，那爆闪
即方舟，无尽蛮荒即无度伊甸园

夔夔者却非夔的来生，拐杖欲击
前世重金属，摇滚大章，率百兽
乱舞。百兽忙吃不禁之果，不禁
吞下钚，透过渐散的赤雾注目
单足跺脚，鳖脚地畸行……此际
末日剧循环又一季。普里皮亚季

2019

【注】

[25—27 行] 参《山海经·大荒经》（"东海中有流波山，
入海七千里。其上有兽，状如牛，苍身而无角，一足，
出入水则必风雨，其光如日月，其声如雷，其名曰夔。
黄帝得之，以其皮为鼓，橛以雷兽之骨，声闻五百里，
以威天下。"）并参《尚书·舜典》（"帝曰：'夔！命汝
典乐，教胄子，直而温，宽而栗，刚而无虐，简而无傲。
诗言志，歌永言，声依永，律和声。八音克谐，无相夺
伦，神人以和。'夔曰：'於！予击石拊石，百兽率舞。'"）
又《礼记·乐记》"大章，章之也……"郑玄注"尧乐
名也。言尧德章明也。"

斯德歌尔摩

从宏大旅馆的此窗望出去，你知道
应有尽有：游客们一个个弃船登岸
告别寡淡的波罗的海，海鸥临死前
数了数目力所及的海豹，马车迟疑
如浮云半空中缓慢地变形，在那群
生动的人类中间，避让着目光板直

或讥诮的打量。你知道，你迎向了
对岸尽头彼得堡一声迷惑的咏叹
他刚刚写下我坐在窗前……转眼
被抛，被载入晃悠的热汽球拖拽的
宇宙舱（警觉于风向），无人否认
这不是玩笑，这并非玩具。有一天

然而，他恰好如同你——特意来看
露天集市，看俄耳甫斯造型，迈进
音乐厅蓝色的阴影。你听他（他听
你），说命运在玩着不计分的游戏
那么他之前也去过赌场？只是当他
站到你跟前，已洗手不干，已一掷

骰子，倒向尘埃或奔来奔去，挟着

词典——说森林只是树的一部分
……此时出现了第三个诗人，背向
更多的诗人，一次又一次弹奏海顿
要么圣桑的左手练习曲——失败地
花整整两个月，沉思一首瑞典俳句

当你逛遍了酒店和酒吧，博物馆
咖啡馆，月光男孩，水晶玻璃塔
再往高处，到斜坡之上的寓所造访
你会想象，曾有过一位传奇造访者
悬河之口吐一艘方舟，被劫持的词
依赖、感激，感激又热爱，去充当

关键词，凭苦难的资格把世界挽救
而偏瘫的诗人回以足够深邃的简洁
打开落地窗俯瞰风景：请注目白夜
很快就会落满了雪，就厌倦了所有
带来词的人。图册在灯下展开空页
空页呈现的蹄迹，是语言？不是词

2018

【注】
[1—20行] 从……此窗望出去，你知道应有尽有……
那群生动的人……目光板直或讥诮的……站到你跟前，

已洗手不干……倒向尘埃或奔来奔去,挟着词典……,
参陆忆敏《美国妇女杂志》。

[9、6、20 行] 我坐在窗前,说命运在玩着不计分的游戏,
说森林只是树的一部分,引布罗茨基《我坐在窗前》。

[24—26 行] 厌倦了所有带来词的人,空页……蹄迹,
是语言,不是词,引特朗斯特罗姆《来自 1973 年 3 月》。

天水

为所有的传说找来实证，甚至
据传说，为实证不致水一样流失
挖掘机夺天工，橡胶坝围拢，湖
被塑造，弧型长堤不提供惊奇
嗟尔远道之人胡为乎来哉

                                    一雁
入高空，杜甫怀李白，转眼柳绿
楠树仿佛仍然有根基（又过两年
才被风雨拔）行人们到此，还能
听竽籁。几位先生踱进南郭寺

却只见古柏——其苍翠葱茏真有
几千年？攒尖亭下，八角玻璃盖
锁住了泉井，谁若得以笔力劈开
六米深处，始现地理未加掩饰的
本来面目。诗史堂上，泥像诗圣

面目更可疑，披挂红衫，黄斗篷
或许香客信服这形象？远道之人
疲于扫兴没去麦积山，然而去
画卦台上打探那八卦：历史尽头

伏羲女娲交尾，也生下一代代

败壁颓垣，焚毁的屋顶和城楼

把我留下像留下一个空址；直到

1958 年火热的夏天，下放右派

学习驾驶一台意大利红色农耕机

擦出了致命的思想星火……如今

空址变作医院太平间，拉开抽屉

偶尔有（时刻准备着）等待返归

灰烬的尸首。远道之人如果重访

高架桥跨越马跑泉镇的阴影里面

是否还有人出示蓝色透明的诗笺

英勇的叛徒将在死者中蒙受荣光

2019

【注】

[5 行] 嗟尔远道之人胡为乎来哉，引李白《蜀道难》。

[6—7 行] 一雁入高空，引杜甫《雨晴》。

[8—10 行] 楠树……竽籁，参杜甫《楠树为风雨所拔叹》。

[21 行] 败壁颓垣，焚毁的屋顶和城楼，引叶芝《丽达与天鹅》。

[22 行] 把我留下像留下一个空址，引张枣《丽达与天鹅》。

［31 行］英勇的叛徒将在死者中蒙受荣光，引林昭《海鸥——不自由毋宁死》。林昭此诗首刊于 1959 年在天水马跑泉公社（现马跑泉镇）编印的《星火》杂志第一期。

武陵源

导游遥指突围至云上的沉积岩老拳
"像不像当年的斗争形势？"经这么
一问——观光客全部都举起了手机
还有人拿出借来的小长焦，还有人
追忆，插队落户时半夜开大会，曾见
天翻，彗星袭来握紧亿万年前的老拳

它也像狮子头菜底上显摆……它也像
龟头……翘起在断碑跟荷花池之间
爱美食，也爱往昔，尤其爱找回来
小时候味道的环球旅行者脑筋急转弯
谁不会想到，它看着还像一轮黑太阳
"黄色更可怕……"遭流放的诗人说

而更多红色羼入风景，提示你的观看之
视角。蒸笼天里，峥嵘岁月将呈现一种
怎样的真容？——豪华大巴载你去瞻仰
新修的故居，标语醒目：此资源已得到
开发利用。玻璃大桥则开发利用了万丈
深渊；玻璃栈道，却要让恐高症止步于

撺掇你纵身一跃的陡趄；要不了两分钟

花费上亿的百龙天梯，就把你眼界从张
家界升级，境界一举一览天下小，去张
大千界，去向往神界，高寒，用冰清
净洗，大汗淋漓间粘缠的此界——此地
此际……大小很可能仿佛石头老拳的

山之心，会让你感受剧烈的搏动……崖壁
遭撞击，遭金钱松和华榛抽打；夕光配合
西风，映照又吹息；澧水溇水，能保证
精神血液的流量吗？五星级酒店的逆转
旋转门会把你收回。群峰巅顶，冷月之镰
乘上了缆车，外加升降机，把一切都收割

2018

【注】

[12行]黄色更可怕……，引曼德尔施塔姆《黑
太阳》。

烟台

小野臣因高也许捎回了
八百年前徐福的口信
登岸芝罘，他往洛阳赶
领教熔金皇帝的不高兴
当落日西沉，更豪华的
不相信，曾经相信过
海上有神山

　　　再历八百年
狼烟被用来命名此地
狼筅枝头，难免挂羊头
单筒望远镜遥测八幡船
却又调焦，缩转眼界
重新去发明酩酊的八仙
蓬莱阁上一天世界

　　　　　是否
方术士真会起蜇鞭鱼龙
强人的疑惑不同于诗人
空明空复空，道法出没
是否探得贝阙藏珠宫
是否蹈浪者心知，所见

皆幻影

　　但他们仍要登临
观景，从弃用的雷达站
到悬崖边上辨认和指点
一座灯塔已替换烽火台
照耀童男童女的不归路
穿透新一轮八百年迷雾
他们迎向，新的蜃气楼

2018

【注】

[1 行]小野臣因高，又名小野妹子，苏因高，日本飞
鸟时代推古朝大臣，607 年作为第一次遣隋使携带国书
从烟台芝罘登陆，受到隋炀帝接见。

[2 行]徐福，秦代方士，率三千童男女自烟台芝罘东
渡至日本。

[14 行]一天世界，吴语，范围广大弥满宇宙的意思，
并有全都乱七八糟的意思。

[16—21 行]起蜇鞭鱼龙……空明空复空……出没……
贝阙藏珠宫……所见皆幻影，参苏轼《登州海市》。

自贡

就像执行了白垩纪末日遗嘱的指令
但也可能特意去背叛：六千又六百
万年之后，人，光膀子，光肩胛
光着胸和背，并且显露，设计成
能量插孔的幽邃肚脐眼（当他们
断开了纽带，却不曾再用来充注
回溯……）他们架起的一群群天车
比悠长胜似山毛榉枝干的颀秀脖颈

还要超迈，比玲珑其上的小小脑瓜
还要高出多少头地；被赋予的智能
早已经失控？白鹿引来箭矢好奇
继而凝聚起铁的意志，捣碓一柄柄
铁的蒲扇锉，铁的银锭锉——数载
十数载，或从生到死，外加马蹄锉
修正，垫根子锉用来兼施于软硬
从铁的沉积岩，出土一座座秘藏的

大海——悬浮于黑卤黄卤的微生物
真足够回应永久失传的恐龙猜想吗
那当然已非模拟，而且延展到反面
分泌尽汗腺里所有的盐份，去将盐

炼取，为控之控系统设置了咸度
自索而又自贡的塑造，除了自纠
也还在自疚，尤其当他们穿戴起来
后肢的蜥脚跋拉兔拖鞋，循着兔灯

啃噬……兔女郎端上的婴儿兔首级

2018

【注】

[11 行] 传说梅泽见白鹿饮石缝中泉水，搭箭射而白鹿
仍不去，始知泉水味咸，于是凿井采卤水烧煎成盐。参
王象之《舆地纪胜》（"井主姓梅，梅本夷人，在晋太康
元年因猎，见石上有泉，饮之而咸，遂凿石至三百尺，
盐泉涌出，煎之成盐，居人赖焉。"）

[13 行] 蒲扇锉，大口径凿井工具，铁制，体重身长，
锉头形状如一柄倒置的蒲扇。银锭锉，亦称小锉、太平
锉、吉字锉，凿井工具，铁制，刃口加钢，形状似银锭。

[14 行] 马蹄锉，钻凿工具，铁制，刃口加钢，《四川
盐法志》："柄及把手略同于银锭，惟锉作马蹄式，单者
仅起半形，双者两面皆具。"

[15 行] 垫根子锉，钻凿工具，铁制，刃口加钢，钻头
底部一侧像银锭锉，另一侧像马蹄锉，刃在马蹄内侧，
银锭一侧底尖与锉刃相平，用以钻凿井腔内侧一边是硬
岩，一边是软岩的盐井。

[17 行] 黑卤，碳酸盐岩系中沉积变质的古海水，埋藏
深度在近四百米至三千五百米以上，内有混浊悬浮物呈

黑色沉淀，有较强的硫化氢气味，味极咸，是井盐生产的重要原料。黄卤，碎屑岩中沉积变质的古湖水，埋藏深度数百米至三千米以上，呈无色至浅黄色，半透明至透明，具黄色沉淀，是井盐生产的重要原料。

辑五　连行诗

十片断

个人的记忆

广大的事物在旋转中上升。太阳。第七日。图案繁复的波斯地毯上侧卧着裸体。海盆带动冬季的大海，跃起又变化，仿佛一条鱼展开翅膀，向往着更加光辉的南方。

而我则被我的屋子抱紧，我如同这屋子所怀的石头，沉沉向下，垂直到深底，松开了醒悟的降落伞之手不松开诗篇——

> 一门心思只在那间小小的
> 房间，将它清扫，将它整理
> 因为里边也许仍住着
> 那正当青春妙龄的少女

广大的事物愈升往高处，它留在我幽闭暗室的明亮成分就愈加充盈。

冬季

但是仍然有祝愿，但是仍然有

带回了血腥和新生女儿的巨型伽蓝鸟。

南中国的冬季，一个冬季，花焰也仍然要点燃爱情。那因为寒冷而充血的脸。那因为坏消息而更加激烈的马蹄和心。鹰翅之下，耀眼的景色集中明亮，植物天堂里赤裸着海豚和欢快的葬礼。

树

一棵树高于冬天的心情。它翠绿的光芒升得更高，照亮了隔山退潮的海。它的手梳理时间和音乐。它捕获飞鸟，又从眼眶里把鸟儿放送。

跟景色分离，精神自肉体通过树干，繁荣的冠盖为谁喧响？

风。潮音。深草之中雄樟的跳跃。下午的荫阴里，小说家翻看战地笔记。

回忆从内部上升到梦幻，一棵树吮吸岩石和尸骨。——大地核心里无限旋转的烈火和黑暗凝结成酸果，此时低垂在晴朗的枝头。

被战争打垮的小说家醒来，合拢书本，远眺已混同于黄昏的海。

那破碎的镜子；

那合唱的鱼；

那倒映于西方天幕的喧响。

黎明

黎明，睡眠最后的葡萄已熟透。梦被滤净，留下了金子。双手之下姑娘的乳房翅膀在掀动。黑暗退到了五里以外，那儿的浅滩上，有人划亮火柴去点烟，闪现出一张海盗的脸。

船队落向鱼谷。船队在深海中上升。铁和猴子穿越了太阳。黎明行进得更快。阴茎滚烫地插入。一线亮光照射木盆，淡水中似乎有音叉被轻击。

城市之春

正当春天，在黑暗的末班电车里我忽然忆及了相似的一夜。蓝色火焰的伟大典籍引领谁横贯

月下的空城？

孤儿院的亡灵如一架梯子，攀往半空，危险又僵硬。那瞎了眼的伪先知自一管烟囱进入了火炉。

辞语，这不分季候反复绽开的苦涩的石榴，它虚假的珍珠又为谁闪耀革命之光？

黑暗的末班电车里，我返回的心情超出了速度，直抵相似的春天的子宫。

陵园空旷。诗歌和雪线。谁的大红袍抖开黎明？谁在热爱中孕育了石头和新鲜的死亡？

在南方歌唱

在南方歌唱，就是在光明里梦见黑暗。在南方歌唱，就是把梦想的黑暗用光明刻划。

一枚收割黄金的刀，它也是收割生命的刀，它也是掠过苦难的诗篇：那幸福的，因相反的追索而更高的翅膀。

我光着脑袋，我栖止于银杏。我收割死亡的飞翔要抖开音乐的大海。睡眠中一跃六尺的大鱼，白斑点点，仿佛众星映现于晴夜那新的天空。它们以珊瑚的节奏繁殖。它们在南方，对应雪野的景泰蓝猛虎。

在南方歌唱就是让火焰从水中上升。在南方歌唱，就是让火焰在黑暗深处以大海为核心；就是在我所目击的世事万物间注入血液；就是在一吹一息的身体光辉里种植那纯粹。

这样我独自在冬季之下，独自栖止于孤立的银杏。在南方歌唱，我是那眼含热泪的雨燕放送者，我是那已经被放送的话语之雨燕。

牺牲

雪山崩溃的嗓音和闪电划开过自由！那依旧照耀的，那弯曲了物质的，以公正和宽大为父的时光遗留下命运。它更像植物，为景色而疯长，梦幻的成分多于理想。它终于也要被死亡收割，正当我歌唱，献出了内心阴影的歌剧院。

——我已经浪费了太多诗篇，为一个白昼和繁殖巨蜥的夏天而牺牲……

从诗篇里

从诗篇里，老虎跃出，银白夺目的七星灯笼鱼族类正变形。那纯净和珍贵的，那光辉预演的，是死亡，是死亡——以及突破了死亡之围的生命远征军。

时光被我总结。秋气因回忆而聚拢。刚刚偏离了舞蹈的群峰更向往热烈。闪电停留，在群峰之上，鹰一样的闪电要攫取季节酸涩的果实：

漆黑的粮仓

最后的风景

斑斓的锦鸡和

裸身于三枝火把的女性

从诗篇里，幻象和真理合而为一，仿佛首先跃出的老虎——以壮丽和盛大给了我恐惧。而我在群峰的浓荫内部，在白色茅草的冠盖之下，我计算音节，我听到了雷霆——来自诗篇尽头的闪电要吐露黑夜——我等待一场雨搬运和繁殖。

地理

每一个肉身是一粒精神！在海盆中心，植物天堂翠绿的阴影里大裸体耀眼。黝黑的马匹转化为半神，鬃毛卷曲的人头面向着朴素的爱。

时光飞旋

新的图景合于意愿

每一种爱情是一粒星座

镜子和钻石共同承担海洋的激情。伟大的始祖鸟引领着灵魂：发辫里编织青春的精卫，从无限拥抱诗歌的吟唱者，还有那双眼深陷的，用简洁的一个词占有又馈赠一切花园和思想迷宫的年老的先知，他们有一样的酒浆和白昼，有一样的亮光和振翅凌空的鲲鹏之变。

并且核心包藏着烈焰的神圣之夜在更高的位置。震怒用石头熔炼万物，以破坏塑造异样的鸟类

玻璃趾爪

水的翼翅

空气贯穿的亮眼和啼鸣遍布于黑暗

它们会齐集在开阔的火山口，搜寻和衔食惩罚之火缔结的酸果。

美人鱼漫游，在良辰的边缘。嗓音繁殖的合唱队乐器有如南风，收回又催发舰船和史诗。当一轮新月空照水域，骑上剃刀鲸颈项的海怪正驰往黎明。

人类在生命四周，共同享用着太阳

瘦削的伐木者翻越山冈，看见了晚钟里入浴的

新娘。

那智慧的玻璃匠用镜子说话，亿万颗落日反复沉沦。

广大的宫廷！披散和束装的白色处女！

一个皇帝在湖上叹月；另一个凯撒在美人的怀抱。

山鲁佐德又推迟一夜；那刺破了迷底的苦难之王也刺破光明。

而菩提树下，觉悟者布告真理的次大陆——

　　　　我们知道，他将会遗忘
　　　　却仍旧为我们指点了迷津

——巨星照耀被歌唱的文明。集体智力的金字塔内部亡灵要继续。黄金面具，托举阴茎的白玉助淫器，以及那弯弓，最后一次射杀大鹰的琮琤弦响仍没有停息。然后是废墟，星下的空城，无数蝴蝶共同围绕着妓女的鬼魂。

稻米一天天成长，丰收像扇子展开。收获粮食的人们，也收获各自的命运。无穷无尽的是被一个人间歌手写下的绝唱，几乎已丧失了所有的意义。

但是在另外一极，世界严寒的高薹，雪山光辉的金顶之上神庙已敞开。神秘的走兽孤独而美。

阳光从石头凹槽里返回，圣洁的鱼类传达出意志。

那众父之父，那仅仅跟虚无倾谈的大祭司枯守着灯盏，要让道通过他养育万有。

来世之书

一本来世之书被书写。

那依靠钻石确立的赞美诗焚烧着拨弦于冬季的歌手。

人，时光种植的血肉，又要因真理而再次成长。

七窍喷出火焰的歌手，人类中的高大七叶树，在他之上一本来世之书被书写。而他的嗓子点亮的灯，光明更向着长久黑暗的西天和诸神。

太阳升起来，一本书落下。

一本来世之书，仿佛星期天上午的金星。它被书写，继续被书写。以七月为心脏的冬之歌手仅能在死亡里将它触摸。

1988

【注】
引诗均来自杨武能译赖内·马利亚·里尔克。

一声

01. 需一行诗，一个词，甚至只需哇的一声，重新
　　落实悬浮的世界。

02. 声音孕于辨听……开出了耳朵的花瓣。

03. 期待一个声音，时光里我的基本姿态。

04. 声音魅惑力，我迅速认出但听不懂它……

05. 听觉想象力，在我这儿穿插着汉语的声音之梦
　　而非音乐。

06. 作为世界发声的我……

07. 无所谓海面，但海确实有一个内在。

08. 那并不冲突，那是同一意见展开于各个层次或
　　侧面。

09. 一个人又能够如何献身于两种天命呢？

10. 演员即角色，而且是提词人……

11. 过于期望，让他不拥有截然相反于境遇的此生。

12. 展露私生活皮肤的刺青。

13. 老妇寒风中乞讨，她还在指望命运转机！

14. 立于正午，睫毛阴影成了她身体唯一的阴影。

15. 枯坐边地小旅馆一般，枯坐于每天喧拥的市声。

16. 只能用普通话，他谈论一座方言城市。

17. 以言之无物含而不露。

18. 要么，说浅薄的蠢话，为了不去说深刻的蠢话。

19. 他把刺藏在声调而非话语当中。

20. 抗拒周遭黑暗，从而掩饰内心的黑暗。

21. 才能正可以自我培养，如果有自我培养才能的
    才能。

22. 圣人放弃一己天才。

23. 丰富的琐碎以毁坏孤独毁坏一个人。

24. 他沉溺下去，避免成为增添给欲火的无辜柴薪。

25. 冷血的聪明人却随处发现热情的愚蠢。

26. 从最冷的那天开始脱冬衣，去迎接盛夏。

27. 从梦幻瓶子里倒出的琼浆过了保质期。

28. 物质新鲜的光泽消损，它一旦陈旧，诗意的光芒就开始焕发了。

29. 旅行抵达了终点，旅行的意义又何在？

30. 更为简捷的旅行目的是纯粹地经过。

31. 涂抹着想象脂粉的本来面目……

32. 要么出于热爱的失望……

33. 经历巧合者找到命运的构想方式。

34. 命中注定即每个人不过是他自己。

35. 越出边界是一个妄想。

36. 身在其中而奇怪地更加向往着它。

37. 充满活力是一个新死亡。

38. 他因为忧郁而不再信仰。

39. 不被任何人、任何势力占有的时候，仍然不能够属于自己……

40. 闲暇这种人生目的被推迟给晚年甚至死后。

41. 欲望无尽地修正生命和消逝的世界。

42. 活进了欲望已死的肉身的那个人……

43. 真理般不可揭露之物的真理性。

44. 一管之见相形于洞见。

45. 外观未必说出，但的确不止于衣装。

46. 旧貌翻新为比之更早传统化了的一件假古董。

47. 不仅穿着而且寄予的那件隐身衣。

48. 裸体被看见的快速反应立即为之穿上了衣裳。

49. 裸者想要以万有为盛装。

50. 非宗教、非生命、不关涉灵魂、节制肉体的缓冲的激情。

51. 从返回找进路：一种别样的理想主义。

52. 梦境永远是启示，而不是出离现实的道路。

53. 一意孤行是唯一进路。

54. 只有记忆，并无往昔。

55. 只有想象，并无记忆。

56. 回忆翻新旧梦。

57. 回忆是欲望，一种生命力。

58. 当记忆无法超越记忆，他是他自己的囚徒。

59. 固执于定型，母鸡用蛋壳捍卫每一个己出。

60. 热爱语言；置疑话语。

61. 人却因话语的设定而存在。

62. 一切都来自语言之马的脱缰狂奔，我只是马背
　　上欣喜的目击者。

63. 清晰的思想不是思想，语言在翻译。

64. 诗不由语言翻译，诗不以语言说出思想？

65. 诗是对诗的论说。

66. 诗搁入其中，诗论锦盒就合不拢盖子了……

67. 把诗从文学、甚至从文本抽取出来。

68. 光明在诗行间必要地掩盖词的黑暗。

69. 诗将存在修正为对梦的一次次关怀。

70. 现实是诗的另一重幻象。

71. 诗是道路也是终极。

72. 一个诗人三级跳：音乐，飨宴，正落向冬雪。

73. 诗人旧于他处身的时代。

74. 诗人的永生泛黄，埋没于绝版书。

75. 让诗当场获得掌声竟然是容易的。

76. 好嗓子诗人用朗诵提升其作品成色。

77. 迟到的诗人，他的青春期涂满余晖。

78. 在写作时，每个诗人都正好置身于各自选定的
    时代躯体。

79. 生活朝写作不断内倾，直到写作之外再没有生活。

80. 至少写作时我不是旁观者。

81. 当高度虚构之诗成真，其作者是虚构的。

82. 以个人写作不把写作缩减为个人的。

83. 为了写作而腾空文体。

84. 写作在写作中介入写作。

85. 以写作的现实介入写作者介入的现实。

86. 任何文字都不能写出写作本身。

87. 把空想写得逼真具体，为了把读者带入空想？

88. 只剩下点铁成金了，当金矿被挖尽。

89. 命运不超出你写下的那几个基本词汇。

90. 才能，一个人的写作宿命。

91. 写作的厌倦——那种自我厌倦……

92. 被阅读史遮闭的整个写作史。

93. 专业写作者身上的读者性被他的职业道德驱逐。

94. 写作者完成于写作未完成。

95. 写作，用人生的这部份时间和路程去复现那部
    份时间和路程。

96. 写作，记录自我历程到临终，到死后，到成为非我。

97. 末日呈现为一个风暴眼。

98. 哇的一声，夜游的恶鸟飞过了一生。

99. 枕边遗留着薄薄的自选集，页码不多也不少于
    一生……

                        1981 — 2021

跋

这五辑诗作,分别来自我已经出版和有待完稿的几种诗集。辑一短诗,选自《海神的一夜》(1981—2016短诗集);辑二组诗和辑三长诗,选自《星图与航迹》(1981—2016长诗集);辑四地方诗,选自《地方诗》(2017开始写作的一本诗集,计划由六十首诗组成,有待完稿);辑五连行诗,选自《连行诗》(1981—2021的篇什编成的一集)。它们呈现了我的几种诗歌体式,要是再加上另两三件规模较大、自成一格的作品,诗文本《流水》(写于1997—1998,已有单行本面世)、诗电影《空间》(始于2011,有待完稿)和长篇连行诗《年表》(始于2021,有待完稿)以及《沪俳》(始于2011,以上海话仿日本俳句,目前仅得未必成立的十来句,但愿能以九十九句凑成一小册),就是我诗歌写作的大概面貌了。

我从1981春夏间(大学一年级下半学期)写诗,到2021春夏间编成这本自选集,历时四十年。此集又在我即将跨入六十岁之际着手,正像是对我的一个适时的小结。兴许,这以后我可以有一种别样的写作了。其实每一次出书,我便会这样去想一想,但这次尤其要这样去想——不仅仅因为，我人生的时间到了某个（被暗示／明示的）节点……

八十年代初刚动笔写诗的时候，我们的语言、思想和现实，正处在长时期毒化造成的恶劣后果中。所以，写诗即投身诗人的自救，诗歌的自救；写诗，我认为，也是以诗人的自救和诗歌的自救，去呼应鲁迅早先由《狂人日记》喊出的那声"救救孩子……"。很大程度上，诗人，这种语言生态的守护者、语言自由的倡导者，诗歌，这种秉承语言的方式、传诵语言的方式、更新语言的方式和创造语言的方式，载任着抵御进而消除种种毒化的使命。相对于企图用诗章干涉世事、藉诗行介入世务的诗人，我更关注写下诗歌的我们的语言，更关心如何开掘、拓展、升踰和飞翔语言于诗歌的境界。我相信，诗歌对语言的干涉和介入，并不会无效于思想和现实。而语言自有其思想和现实的侧面，对语言的关注和关心，不会不来自这样的侧面。诗歌之光透过诗人嗓音的折射，又将播撒开更丰富的语言、思想和现实。对我来说，仅去追求所谓人与世界的唯一真相并不足够，诗歌的魅力，在于无限虚构称之为幻象的真相之万象。

这本四十年诗选的着重点在此。这是一个历史时期的写作，清理废墟，扫除垃圾，去恢复，去创建，去塑造。那几乎是从空白起步，设想、找寻和走通更具当代性的现代汉诗可能的路径。在这样的写作中，要是我真的形成了什么诗学，那就是一种可能性诗学。接下来，新的可能性又将怎样呢？在经历了一个回合之后。我自己的可能性无非继续写，不可能再有别的可能性。就写作时段和作者年纪而言，你都已经来到了所谓的"晚境"，而"晚境"，的确，意味着种种新的年轻的可能性……

感谢雅众文化方雨辰女士，是她促成了我这本四十年诗选的面世。

陈东东

2021 年 7 月 1 日见山书斋

图书在版编目（CIP）数据

略多于悲哀：陈东东四十年诗选：1981—2021/陈
东东著 . —上海：上海三联书店，2022.10
ISBN 978-7-5426-7869-0

I.①略… II.①陈… III.①诗集—中国—当代
IV.① I227

中国版本图书馆 CIP 数据核字（2022）第 176522 号

略多于悲哀：陈东东四十年诗选（1981—2021）

著　　者 / 陈东东

责任编辑 / 张静乔
策划机构 / 雅众文化
策 划 人 / 方雨辰
特约编辑 / 简　雅　姚丹齐
装帧设计 / 尚燕平
监　　制 / 姚　军
责任校对 / 王凌霄

出版发行 / 上海三联书店
　　　　　（200030）中国上海市漕溪北路 331 号 A 座 6 楼
邮购电话 / 021-22895540
印　　刷 / 山东临沂新华印刷物流集团有限责任公司
版　　次 / 2023 年 2 月第 1 版
印　　次 / 2023 年 2 月第 1 次印刷
开　　本 / 1092mm × 860mm　1/32
字　　数 / 190 千字
印　　张 / 11.25
书　　号 / ISBN 978-7-5426-7869-0 / I·1791
定　　价 / 78.00 元

敬启读者，如发现本书有印装质量问题，请与印刷厂联系 0539-2925659